Der Bücherbär

Buntes Leseabenteuer

Außerdem in dieser Reihe erschienen:
Level 4 Kids – Apollo 11 im Fußballfieber

Andreas Schlüter
(geb. 1958) ist einer der erfolgreichsten neuen Jugendbuchautoren der letzten Jahre. Mit seinem Kinderroman »Level 4 – Die Stadt der Kinder« hatte er vom Start weg großen Erfolg und eine riesige Leserschar.
Bevor Andreas Schlüter zum Schreiben kam, leitete er mehrere Jahre Kinder- und Jugendgruppen in Hamburg.
Von 1991 bis 1996 arbeitete er als freischaffender Journalist und Redakteur, seit 1996 als freier Schriftsteller.

Hompage Andreas Schlüter: www.aschlueter.de

Andreas Schlüter

Level 4 KIDS

Diebe im Netz

Zeichnungen von Karoline Kehr

EDITION BÜCHERBÄR

In neuer Rechtschreibung

1. Auflage 2006
Edition Bücherbär im Arena Verlag 2006

Einband und Illustrationen von Karoline Kehr
Gesamtherstellung: westermann druck, Braunschweig GmbH
ISBN 3-401-08951-X
ISBN 978-3-401-08951-5

www.arena-verlag.de

Der neue Nachbar

Es war spät. Längst Schlafenszeit. Ein schwaches Licht schimmerte aus dem Fenster in der dritten Etage. Herr Dickmann las beim Schein seiner Taschenlampe einen mega-spannenden Abenteuerroman. Nur noch drei Seiten bis zum Schluss! Plötzlich ein Geräusch!

Herr Dickmann knipste die Taschenlampe aus und schob das Buch unters Kopfkissen.

Herr Dickmann war gerade zehn Jahre alt geworden und hieß mit vollständigem Namen *Hermann* Dickmann. Das war eindeutig ein »mann« zu viel, fand er. Und so hatte er einfach eins gekürzt und durch ein kleines »r« ersetzt. Auf diese Weise war *Herr* Dickmann entstanden. Ein Name, der ihm erheblich besser gefiel. Seine Freunde hatten diesen Namen gleich akzeptiert. Die Lehrer nicht. Und seine Eltern auch nicht. Die nannten ihn nach wie vor *Hermann*. Ätzend, fand Herr Dickmann. Aber was sollte man machen, wenn Patenonkel und Patentante *Hermann* und *Hermine* hießen?

Herrn Dickmanns Schwester hieß deshalb Hermine, was sie genauso blöd fand. »Harry Potter« hin oder her: Kein normales elfjähriges Mädchen hieß Hermine. Also nannte sie sich »Minni«. Für Herrn Dickmann eine gelungene Abkürzung von »mini-males Denkvermögen«.

Minni rief ihren Bruder »Dicker«. Das war noch blöder als Hermann. Und passte auch gar nicht: Herr Dickmann war nämlich nicht dick. Er war fett.
Das Geräusch kam von draußen, erkannte Herr Dickmann. Er ging zum Fenster hinüber. Es war nichts zu sehen. Nur parkende Autos, Laternen, Häuser. Nicht einmal jemand, der seinen Hund noch spät am Abend Gassi führte. Niemand war da.
Nur das Geräusch. Ein seltsames Geräusch. Es quietschte wie eine alte Tür. Herr Dickmann sah aber keine Tür. Er sah . . .
Einen Lichtkegel! Dort drüben auf der anderen Straßenseite. Jemand leuchtete mit einer Taschenlampe auf den Fußweg hinunter.
Herr Dickmanns Blick schoss hinauf.
Da!
Es verschlug ihm den Atem.
Es kletterte tatsächlich jemand an einem Seil die Hauswand hinab!
Ein Einbrecher?
Herrn Dickmanns Herz schlug bis zum Hals.
Die Polizei!, schoss es ihm durch den Kopf. Er musste die Polizei rufen.
Aber die Polizei hörte nicht auf kleine Jungs. Also musste er erst seine Eltern wecken. Aber wenn er hinüber ins Schlafzimmer lief, würde er den Einbrecher aus den Augen verlieren. Herr Dickmann wusste nicht, was er tun sollte. Nervös hippelte er von einem Fuß auf den anderen.

Der Einbrecher hatte die Straße erreicht. Verflixt, er würde noch verschwinden, ehe Herr Dickmann seine Eltern informieren konnte! Schon lange hatte Herr Dickmann sich gewünscht einmal einen Einbrecher auf frischer Tat zu ertappen. Am liebsten hätte er dazu einen Detektivclub gegründet. Aber niemand wollte dabei mitmachen. Und jetzt, da er endlich einen Einbrecher während der Tat beobachtete, hatte er weder einen Detektivclub,

noch wusste er, was er nun tun sollte. So schaute er einfach nur hinüber auf die Straßenseite.
Klein war der Einbrecher, stellte Herr Dickmann fest. Und nicht mal maskiert. Im Schein der Straßenlaterne konnte Herr Dickmann ihn nun genau erkennen.
Das war überhaupt kein Einbrecher. Es war der neue Nachbarsjunge, der erst gestern gegenüber eingezogen war. Wie hieß der gleich?
Kio. Genau. Der war bestimmt nicht in die Wohnung eingebrochen. Der wohnte ja dort. Aber was trieb der da mitten in der Nacht?
Herr Dickmann drückte sich die Nase an der Fensterscheibe platt.
Kio zog an dem Seil. Anscheinend prüfte er, ob es hielt.
Tatsächlich! Jetzt kletterte er an dem Seil wieder hinauf!
Herr Dickmann konnte es nicht glauben! Das war ja noch spannender als das letzte Kapitel seines Abenteuerromans. Er musste wissen, was Kio vorhatte. Morgen würde er ihn sofort fragen! Morgen war Kios erster Schultag. Und wie Herrn Dickmanns Mutter gesagt hatte, kam Kio in seine Klasse, die 4a der Neil-Alden-Armstrong-Grundschule. Ganz nebenbei, die erste Grundschule Deutschlands, die nach dem ersten Mann auf dem Mond benannt worden war.
Ein greller Schrei weckte ihn am nächsten Morgen. Der entsetzliche Schrei einer noch entsetzlicheren Stimme. Auf der ganzen Welt gab es nur eine einzige solche Stimme: Sie klang,

als ob ein Regionalzug mitten im Kinderzimmer bremste. Minnis Stimme!

Herr Dickmann war erschrocken, aber nicht überrascht. Seit drei Tagen ging das nun schon so, immer wenn Minni morgens vor dem Spiegel stand. Er schälte sich aus dem Bett und schlurfte zum Bad. Minni stand vor dem Spiegel. Sie hatte ein Pickelchen in ihrem Gesicht entdeckt.

»*Ein* Pickelchen!«, schrie sie. »Sieh dir das an!«

Sie drehte sich zu ihrem Bruder um. Herr Dickmann schaute seiner Schwester ins Gesicht und sah – nichts.

»Nichts?«, brauste Minni auf. Sie schob ihren Kopf vor, bis ihre Nasenspitze beinahe die ihres Bruders traf, und pochte mit dem Zeigefinger auf ihrer Wange herum.

»Da!«

Herr Dickmann erkannte ein Pickelchen, das so groß war wie ein Stecknadelkopf. Er überlegte, ob er vielleicht seine Lupe holen sollte.

»Soll ich mich etwa so fotografieren lassen?«, jammerte Minni und baute sich wieder vor dem Spiegel auf. »Heute kommt der Schulfotograf!«

»In Farbe?«, fragte Herr Dickmann.

Die Antwort war ein zweiter Schrei.

Mama kam gerannt und kramte eine hautfarbene Abdeckcreme aus dem Badschrank.

Eine halbe Stunde nach diesem Vorfall stand Herr Dickmann vor dem Haus seines neuen Nachbarn und klingelte. Wenn sie schon

in dieselbe Klasse gingen, konnte er mit Kio auch gleich gemeinsam zur Schule gehen, dachte sich Herr Dickmann. Außerdem brannte ihm die Frage auf den Nägeln, warum Kio vergangene Nacht aus dem Fenster geklettert war.
Die Haustür öffnete sich. Herrn Dickmanns Kinnlade klappte herunter. An der Tür stand nicht Kio oder dessen Mutter, wie er erwartet hatte, sondern ein seltsames Ding. Im ersten Moment hätte Herr Dickmann das Ding für einen Staubsauger gehalten, wenn es nicht zwei schlauchartige Arme und sogar zwei Hände gehabt hätte. Die Hände steckten in Arbeitshandschuhen. Auf dem Staubsauger-Körper waren zwei Kugeln befestigt, die wie Augen aussahen und Herrn Dickmann tatsächlich anblickten.

Hinter den »Augen« saßen eine kleine Antenne und eine orangefarbene Lampe, die blinkte. An den Seiten ragten zwei Mikrofone heraus, offenbar die »Ohren« des Geräts.
Aus einem Lautsprecher unterhalb der »Augen« tönte es: »Hal-lo!«
Doch bevor Herr Dickmann etwas erwidern konnte, kam Kio an die Tür.
»Danke, Kuzip zwölf!«, sagte Kio. Das Ding drehte sich um und rollte fort.
Herr Dickmann stand noch immer mit offenem Mund da.

Kio schloss die Tür hinter sich. »Nett, dass du mich abholst.« Er gab Herrn Dickmann die Hand und stellte sich vor. »Kio Kayamoto!«
»Ich weiß«, sagte Herr Dickmann und nannte ebenfalls seinen Namen.
»Was war das denn für ein Ding?«, fragte er.
»Das war Kuzip zwölf!«, antwortete Kio und erläuterte, dass das »Ding« eigentlich korrekt QZJP 12 hieß, es sprach sich nur: Kuzip zwölf. »Unser Haushaltsroboter!«
»Wow!«, machte Herr Dickmann. Noch nie hatte er einen Haushaltsroboter gesehen. »Woher habt ihr den? War der teuer?«
Kio schüttelte den Kopf. »Den hat mein Vater gebaut!«
»Wow!«, machte Herr Dickmann wieder. »Selbst gebaut?«
»Genau!«, bestätigte Kio. »Deshalb . . .« Er stockte, suchte nach den richtigen Worten. »Na ja, er hat ein paar kleine Macken!«
»Aha!«, machte Herr Dickmann. Er war sprachlos. Beinahe hätte er vor lauter Verblüffung sogar vergessen, was er Kio so dringend fragen wollte.
»Ich habe dich gestern Abend gesehen«, tastete sich Herr Dickmann vor. Vielleicht war es Kio ja unangenehm, dass er beim Fensterklettern beobachtet worden war.
Weit gefehlt.
»Mein Vater und ich haben den Notausstieg getestet«, antwortete Kio ganz selbstverständlich.
»Den Notausstieg?«
Kio nickte, als wäre es das Normalste der Welt, dass ein Vater

seinen Sohn nachts aus dem Fenster abseilt. Kio erklärte, sein Vater wäre Erfinder. Da käme es manchmal – ganz, ganz selten natürlich –, aber vielleicht doch irgendwann einmal zu einem kleineren Unfall und . . .

»Unfall?«, unterbrach Herr Dickmann erschrocken.

»Na ja«, räumte Kio ein. »Vielleicht gibt es eine Explosion und . . .«

»Explosion?« Herr Dickmann raufte sich die wirren Haare. »Aber . . .«

»Und dann kann man eben durchs Fenster hinaus«, beendete Kio seine Erklärung.

Herr Dickmann japste nach Luft. Eine Explosion. Mann! Etwas Aufregenderes konnte er sich gar nicht vorstellen.

»Ist bisher nur ein Mal vorgekommen!«, erzählte Kio ruhig.

»Was?«, schrie Herr Dickmann. »Das ist schon vorgekommen?«

In dem Moment hatten sie ihre Schule erreicht. Damit war das Gespräch beendet.

Herr Dickmann nahm sich vor noch am selben Tag seine Eltern zu fragen, ob sie einen Feuerlöscher im Haus hatten.

»Unsere Klasse ist dort!« Er zeigte zum Klassenraum. »Die 4a!«

Kio blieb stehen und zog einen Kompass aus der Hosentasche.

»Die Fenster unserer Klasse zeigen gen Osten«, sagte Kio nach einer kleinen Weile. »Die Tür zum Westen!«

»Kann sein«, antwortete Herr Dickmann. »Hab ich mir noch nie Gedanken drüber gemacht.«

»Ich weiß gern, wo ich bin«, erklärte Kio. »Bei Sonnenschein wird es durch die Fenster blenden!«
Herr Dickmann nickte verblüfft. »Stimmt. In den ersten beiden Stunden sehe ich manchmal nur die Hälfte der Tafel!«
Kio beschloss künftig eine Sonnenbrille mit in die Schule zu nehmen. Aber heute war es ja bewölkt.

Der erste Fall

Herr Dickmann wusste vom ersten Moment: Kio war etwas ganz Besonderes. Anders als alle Jungs, die er bisher kennen gelernt hatte. Das gefiel Herrn Dickmann sehr gut. Denn er selbst war auch anders als alle, die er bisher kennen gelernt hatte.
Kio schien das genaue Gegenteil von Herrn Dickmann zu sein. Herr Dickmann war groß, breit, fett, schwerfällig, kam schnell aus der Puste und lachte viel und laut. Kio war klein, zart und schmächtig, geschmeidig und wendig wie eine Katze, betrachtete seine Umgebung ernst und interessiert, und statt brüllendem Gelächter kam ihm höchstens ein leichtes Schmunzeln über die Lippen. Vielleicht kam das aber auch nur daher, weil er neu in der Klasse war.
In der ersten Stunde hatte Herr Dickmann drei Comics und den Anfang eines neuen Abenteuerromans gelesen. Kio aber hatte sich zehnmal gemeldet. Wohlgemerkt: Kio hatte sich gemeldet, obwohl Lehrer Krautmilch gar nichts gefragt hatte. Herr Krautmilch stellte nämlich keine Fragen. Er redete nur. Und redete. Und redete. Und redete. Zwischendurch kritzelte er etwas an die Tafel und dann redete er wieder. Als Kio sich das erste Mal gemeldet hatte, war es eine absolute Sensation gewesen. Noch nie hatte sich jemand bei Herrn Krautmilch zu Wort gemeldet. Alle

28 Schüler hatten ihre Beschäftigungen unterbrochen und Kio angestarrt, als käme er von einem anderen Stern. Und so ähnlich hatte er auch gesprochen. Sie behandelten das Thema »Silbentrennung«. Wenn Kio sich meldete, sprach er in Silben. Zum Beispiel: »Ich freu-e mich Ih-nen fol-gen-de Ant-wort mit-tei-len zu kön-nen.« Er klang fast wie Kuzip zwölf, fand Herr Dickmann. Die Kinder lachten und Herr Krautmilch wollte Kio gerade ermahnen den Unterricht ein wenig ernster zu nehmen, da begann der kleine Fips aus der ersten Reihe genau so zu sprechen. Auf Fips folgte Johann und dann sprach die ganze Klasse nur noch in der Robotersprache. Herr Krautmilch schaute erst ganz komisch. Doch dann strahlte er übers ganze Gesicht. Die Klasse sprach in korrekter Silbentrennung. Eine bessere Übung konnte es gar nicht geben! Irgendwann läutete es und Herr Krautmilch rief: »Pau-se!« Unter lautem Gejohle und Gelächter strömten die Kinder hinaus.

Als Kio sein Nutella-Brötchen auspackte, bemerkte er die begehrlichen Blicke von Herrn Dickmann. Dessen Eltern hatten beschlossen, dass er dringend zehn Kilo abnehmen müsse, deshalb gab es für ihn nur eine Karotte und ein Stück Salatgurke.

»Tauschen?«, fragte Herr Dickmann hoffnungsvoll.

Kio schüttelte den Kopf. »Ist mir zu gesund!«

Herr Dickmann nickte seufzend. »Wem sagst du das!«

Der kleine Fips kam vorbei.

»Dei-ne Schwes-ter heu-elt!«, sagte er. Er redete noch immer wie ein Roboter.

»Das heißt heult«, korrigierte Kio. »Heult lässt sich nicht trennen!«
»Trotz-dem heult sie!«, beharrte Fips.
»Ich habe keine Schwester!«, erklärte Kio.
»A-ber er!« Fips zeigte auf Herrn Dickmann.
Herr Dickmann drehte sich um und sah Minni über den Schulhof rennen. Sie rannte versehentlich gegen ein Mädchen aus der 7. Klasse, ließ das Mädchen stehen und rannte weiter. Neben dem Papierkorb ließ sie sich auf die Sitzbank fallen und schluchzte hemmungslos. Das Mädchen aus der 7. Klasse ging auf sie zu und fragte, warum Minni so weinte. Sie reichte ihr ein Papiertaschentuch. Herr Dickmann lief zu seiner Schwester, Kio begleitete ihn.
»Was hast du denn?«, fragte Herr Dickmann. So kannte er Minni gar nicht. Normalerweise war Minni fröhlich und laut und ließ sich nicht so leicht kleinkriegen. Jetzt aber saß sie wie ein Häufchen Elend vor ihm. »War der Fotograf schon da?«
Minni sah kurz auf und schüttelte den Kopf.
»Quatsch!«, schluchzte sie. »Mein Discman ist verschwunden.«
Herr Dickmann zog die Augenbrauen hoch. Es war nichts Neues, dass seine Schwester etwas vermisste. Niemand auf der Welt besaß eine größere Begabung, Dinge zu verlieren. Nach Herrn Dickmanns Meinung hatte seine Schwester große Ähnlichkeit mit einem Müllschlucker: Was man ihr in die Hand gab, verschwand umgehend. Sein Vater hatte sogar schon mal vorgeschlagen, Minni sollte Zauberkünstlerin werden. Sie müsste sich

einfach nur auf die Bühne stellen und sich Dinge geben lassen. Verschwinden würden die dann von allein. Blöd war nur, dass Minni die Sachen nicht wiederfand.
»Wirklich?«, fragte Miriam, das Mädchen aus der Siebten. »Wir haben einen in der Klasse, der ist das genaue Gegenteil. Der findet ständig etwas. Soll ich Thomas mal holen?«
»Ich hab den Discman nicht verloren!«, schniefte Minni. »Diesmal nicht! Bestimmt nicht. Der ist mir gestohlen worden!«
Miriam warf Herrn Dickmann einen skeptischen Blick zu.
Herr Dickmann zog die Schultern hoch.
Minni erklärte, sie habe ihren Discman vor Beginn des Unterrichts in die Schultasche gesteckt. Anschließend war die Klasse geschlossen hinaus auf den Hof gegangen für das Klassenfoto. Als sie zurückkam, war der Discman weg.
»Diebstahl in der Schule«, sagte Miriam. »Wenn das stimmt, wäre das wirklich eine Sauerei!«
Kio nickte. »Wir sollten uns der Sache annehmen!«
»Wir helfen euch!«, versprach Miriam.
»Wir?«, wunderte sich Kio. Er sah sich um, aber außer Miriam war kein weiterer älterer Schüler anwesend.
»Wir sind eine ziemlich fähige Gruppe!«, grinste Miriam. »Wart's ab!«
Mit diesen Worten verabschiedete sie sich.
Minni hörte auf zu weinen.
Und Herr Dickmann sagte: »Ich glaube, wir sollten einen Detektivclub gründen!«

Verdacht

Minni saß auf dem Sofa und hielt die leere Verpackung des Discmans auf dem Schoß. Sie solle die Seriennummer abschreiben, hatte ihr Vater am Telefon gesagt. Für die Versicherung. Dann wollte er die Polizei anrufen.
Die Polizei! Herr Dickmann fand das wahnsinnig aufregend, aber Minni hatte gleich nach dem Telefonat abgewinkt. »Die finden den Täter nie, weil die gar nicht danach suchen!«, hatte ihr Vater behauptet. »Solch kleine Diebstähle kommen viel zu oft vor.«

Kleine Diebstähle. Minni war empört.
»Ich sage ja, wir müssen einen Detektivclub gründen!«, fing Herr Dickmann wieder an.
Minni rollte mit den Augen. Doch Herr Dickmann ließ sich nicht von seinem Vorhaben abbringen. Endlich mal ein echter Fall.
»Das war Jasmin, diese zimtzickige Klatschkuh!«, glaubte Minni. »Die war sofort neidisch auf meinen Discman, weil meiner MP3 abspielt und ihrer nicht.«
»Aha!«, machte Herr Dickmann. »Dann haben wir also ein Motiv und damit eine Verdächtige!«
Minni rollte mit den Augen.
»Wir werden die Sache in Angriff nehmen!«, versprach Herr Dickmann.
Minni schaute verwundert auf. »Wir? Wer *wir?*«
»Na, unser Detektivclub. Kio und ich!« Herr Dickmann wunderte sich über die Frage.
»Ich denke, du willst erst einen gründen?«, fragte Minni.
»Sag ich doch!« Herr Dickmann schüttelte den Kopf. Manchmal war es schwer, sich mit Mädchen zu unterhalten. Besonders wenn Mädchen gleichzeitig Schwestern waren. Dann war's doppelt schwer. »Um drei Uhr bin ich mit Kio verabredet!«, verkündete er.
Es war fünf vor drei. Herr Dickmann musste los. Und da es um Minni ging, kam sie selbstverständlich mit. Außerdem war es eine gute Gelegenheit, die neuen Nachbarn kennen zu lernen.

Auch wenn sie es schade fand, dass die Nachbarn einen Jungen und kein Mädchen in ihrem Alter mitgebracht hatten.

Als sie vor der Haustür standen, sagte Herr Dickmann: »Ich glaube, die Familie Kayamoto ist . . .«

Er suchte nach dem richtigen Wort.

»Ist was?«, fragte Minni.

»Ein bisschen anders!«

»Wie *anders?*«, fragte Minni. »Kio schien mir recht normal zu sein!«

Sie klingelte.

»Nicht erschrecken!«, warnte Herr Dickmann, weil er an den Roboter dachte.

Minni erschrak tatsächlich. Aber nicht wegen Kuzip zwölf. Sondern wegen der Klingel. Statt einer Glocke ertönte ein Presslufthammer. Minni zog schnell die Hand vom Knopf und hielt sich die Ohren zu.

Hinter der Tür rief eine Frauenstimme: »Was ist das denn?«

»Nur ein Test!«, hörte er Kios Stimme.

»Bring das sofort wieder in Ordnung!«, schimpfte die Frau.

Dann erst öffnete sich die Tür. Kios Mutter empfing Minni und Herrn Dickmann mit einem Lächeln und einer Entschuldigung für das Getöse.

Minni stellte sich brav als Hermine vor, Hermann allerdings als »Herr Dickmann«.

Kios Mutter nickte grinsend. »Von dir habe ich schon gehört. Ich glaube, du und Kio, ihr passt gut zusammen!«

Sie ließ die Kinder ein, zeigte ihnen Kios Zimmer und schickte noch eine Warnung hinterher. »Seid vorsichtig beim Öffnen der Tür. Bei Kio weiß man nie . . .«
Minni blieb stehen und hielt ihren Bruder fest.
Kios Mutter verschwand in der Küche.
»Was sind das denn für Wahnsinnige?«, flüsterte sie ihrem Bruder zu.
»Ich hab doch gesagt, die sind ein bisschen anders«, sagte Herr Dickmann, öffnete die Tür und – blieb wie versteinert stehen.
Er blickte in ein Zimmer, das aussah wie eine Mischung aus Dschungel und Raumschiff.
Das Zimmer war voll gestellt mit Bambus-Büschen, Schilf und Palmen, zwischen denen Monitore und Glastische hervorlugten. Von den Monitoren schlängelten sich unzählige Kabel wie Lianen durch das grüne Dickicht. Auf den Glastischen häuften sich Schrauben und Drähte, Sicherungen, Batterien und Werkzeuge, stapelten sich Hefte, Comics und Bücher, purzelten alle nur erdenklichen elektrischen und mechanischen Geräte durcheinander, von denen kaum eines vollständig erschien. Halbe Mixer und auseinander genommene Foto- und Rasierapparate, Kassettenrekorder und defekte Kaffeemaschinen, Spielzeuglokomotiven, Autos und zerlegte Motoren. Man konnte unmöglich alles aufzählen. Mitten im Raum lag Kio in einer Hängematte.
»Hi!«, sagte er. »Kommt rein!«
Herr Dickmann folgte der Aufforderung. Seine Schwester zögerte. Es hätte sie nicht gewundert, wenn sie plötzlich von einem

Krokodil gebissen oder von einem Laserstrahl getroffen worden wäre. In so einem Zimmer war alles möglich, davon war sie überzeugt.

»Ich habe über den Fall nachgedacht!«, begann Kio ohne Umschweife.

»Ja!«, fiel Herr Dickmann ihm sofort ins Wort. »Ich habe auch schon zu Minni gesagt, wir sollten einen Detektivclub grü. . .«

Aber Kio hörte gar nicht hin. »Passt auf!«, rief er und drückte auf eine Fernbedienung, die er in der Hand hielt. Auf einem großen Bildschirm, der zwischen zwei Bambus-Büschen von der Decke hing, erschienen Herr Dickmann und Minni.

»Huch!«, rief Minni. »Das sind ja wir!«

»Gut, oder?«, freute sich Kio. Er drückte wieder und auf dem Bildschirm erkannten Herr Dickmann und Minni Kios Mutter in der Küche.

»Sie macht uns Kokos-Bananenmilch!«, verriet Kio.

»Genial!«, fand Herr Dickmann.

»Ne, ganz simpel!«, antwortete Kio. »Banane, Milch und ein wenig Kokosraspel oder Kokosmilch in den Mixer. Noch zwei Eisstückchen dazu und . . .«

»Ich meinte die Kameraüberwachung!«, sagte Herr Dickmann. »Wie machst du das?«

»Webcam!«, lautete Kios Antwort. Und weil er nicht sicher war, ob seine neuen Nachbarn wussten, was eine Webcam war, fügte er hinzu: »Internet-Kameras!«

Der Plan

Herr Dickmann musste sich erst einmal setzen. Es war zu unglaublich, was es in Kios Zimmer alles zu entdecken gab. Natürlich besaß Kio auch einen eigenen Computer. Herr Dickmann seufzte. Er wartete schon lange auf den Tag, an dem sein Vater sich endlich einen neuen Computer kaufen würde. Den alten würde dann er bekommen. Den letzten, den der Vater ausgemustert hatte, hatte Minni bekommen. Bloß, weil sie älter und ein Mädchen war.

»Mädchen müssen gefördert werden, wenn's um Technik geht!«, hatte die Mutter behauptet. Seitdem hing Minni in ihrem Zimmer und chattete wie die Wilde mit anderen Mädchen über Mode, Pickelcremes, Musik und »süße Jungs«. Tolle Förderung!, fand Herr Dickmann.

Für wirklich wichtige Dinge zeigte Minni kein Verständnis. Zum Beispiel für Überwachungskameras, wie Kio sie ihnen gerade vorführte. Es war das Paradies für Detektive! Denn Kio besaß nicht nur einen eigenen Computer, sondern hatte auch noch einen großen Bildschirm, der mitten im Raum hing, und zwei drahtlose Kameras daran angeschlossen.

Kio musste gar nichts mehr erklären. Herr Dickmann wusste sofort, was er sich ausgedacht hatte. Nur Minni begriff mal wieder nichts.

»Verstehst du nicht?«, setzte er seiner Schwester zu. Entschuldigend schaute Herr Dickmann kurz zu Kio hinüber.
»Nein!«, setzte sie nach. »Ich verstehe es nicht. Vielleicht erklärst du es mir, du Schlaukopf!«
»Wir können den Täter überwachen!«, erläuterte Herr Dickmann. »Nicht wahr?«, fragte er zu Kio hinüber. Kio schaukelte in seiner Hängematte. »Genau!«
»Wie Detektive im Kaufhaus!« Je mehr Herr Dickmann den Plan erläuterte, desto aufgeregter wurde er. »Wir brauchen nur am Monitor sitzen und ihn überwachen!«
»Den Täter?«, fragte Minni.
Herr Dickmann sendete einen entnervten Blick zur Decke.
»Natürlich! Wenn er das nächste Mal etwas klaut.«
Minni verstand noch immer nicht. »Woher willst du denn wissen, ob und wenn, wann und wo der Täter wieder etwas stiehlt? Oder kann man mit den Kameras etwa auch hellsehen?«
Herr Dickmann stöhnte laut auf. Das war doch wirklich nicht so schwer zu verstehen. »Na, wir locken ihn an! Mithilfe eines Lockvogels!«
»Ach!«, machte Minni. »Und was ist das für ein sensationeller Lockvogel?«
Herr Dickmann schüttelte den Kopf. Wie konnte man nur so schwer von Begriff sein? »Na, du natürlich!«, posaunte er heraus.
»Ich?«, schrie Minni laut auf. »Hast du sie nicht mehr alle?«
Sie rannte aus dem Zimmer und schlug die Tür hinter sich laut

zu. Beinahe hätte sie Kios Mutter umgerannt, die gerade die Bananen-Kokos-Milch bringen wollte.
»Was hat sie denn?«, fragte Kios Mutter, als sie das Zimmer betrat.
»Sie ist ein Mädchen!«, antwortete Herr Dickmann.
Das erklärte natürlich alles.
Kios Mutter sah sich skeptisch in Kios Zimmer um. Wenn Kio so verschwörerisch tat, bedeutete das nichts Gutes. Sie kannte das zur Genüge. Wenn Kio mit seinem Vater etwas ausheckte, explo-

dierte kurz darauf etwas oder etwas fing Feuer oder Möbelstücke fielen in sich zusammen oder der Garten wurde verwüstet.
»Ihr macht doch keinen Blödsinn?«
Herr Dickmann schüttelte den Kopf. »Bestimmt nicht!«
Kio bestätigte ihn. »Wir wollen Minni helfen und schmieden dazu einen Plan!«
Kios Mutter schaute zur Tür, aus der Minni gerade herausgestürmt war. Es hatte nicht unbedingt so ausgesehen, als ob Minni sich von den Jungs helfen lassen wollte.
Sie stellte die Getränke ab und riet den beiden: »Bevor ihr euren Plan in die Tat umsetzt, solltet ihr vielleicht noch mal mit Minni reden!«
Das war bestimmt ein guter Tipp – an den sich die beiden Jungs allerdings nicht hielten.
Der Plan war so einfach wie genial. Weder Kio noch Herr Dickmann hatten da irgendwelche Bedenken. Und Minni würde sicher froh sein, später, wenn sie den Täter erst einmal überführt hatten. Da war Herr Dickmann sich ganz sicher.
Die Frage war nur, wie sie die Kameras am besten platzierten. Und vor allem, wo?
Minni weigerte sich den Lockvogel zu spielen. Einen anderen hatten sie nicht. Sie konnten nur raten, wo der Dieb das nächste Mal zuschlagen würde.
»Wenn er überhaupt noch einmal zuschlägt!«, gab Kio zu bedenken. »Vielleicht war er nur scharf auf Minnis Discman und nun ist er zufrieden!«

Aber da kannte Herr Dickmann sich als angehender Detektiv besser aus. »Wer einmal so erfolgreich war, wird es sicher ein zweites Mal probieren. Weil es so leicht ist!«, verkündete er. »Gelegenheit macht Diebe, heißt ein Sprichwort.«

»Aha!«, sagte Kio. »Und wo ist die nächste gute Gelegenheit?«

Herr Dickmann überlegte. »Wir treffen uns morgen während der Freistunde vor der Turnhalle!«, schlug er geheimnisvoll vor. »Und bring deine Ausrüstung mit!«

Lockvogel

Kios Rucksack beulte sich mächtig aus. Denn neben seinen Schulsachen trug er alles bei sich, was sie für ihren ersten Fall benötigten: den Laptop, die zwei Kameras und etliche Kabel, Schraubzwingen, Klebeband, Schere …

»Ich mach mir nicht viel aus Sport!«, gab Kio zu.

Herr Dickmann lachte. »Ich auch nicht. Im Moment muss ich allerdings zweimal die Woche zum Schwimmen, weil ich abnehmen soll. Aber mich nervt's, weil wir nie tauchen dürfen.«

So weit bestand Einigkeit. Was aber wollten sie in der Turnhalle, wenn sie beide keinen Sport mochten?

Herr Dickmann erklärte es: Wenn er Dieb wäre, würde er sich den Ort aussuchen, wo es am leichtesten war, etwas zu stehlen. Und dieser Ort war der unbewachte Umkleideraum, während die ganze Klasse Sportunterricht hatte. Die Taschen der unbeaufsichtigten Kleidung waren doch voll von Wertsachen.

Das leuchtete ein.

Der Unterricht hatte soeben begonnen. Im Moment spielte eine der 7. Klassen Ball draußen auf dem Platz. Ideal, um die Kameras zu platzieren. »Und in der vierten Stunde hat Minnis Klasse Sport. Wenn dann der Dieb ein zweites Mal zuschlägt, können wir alles aufnehmen!«

Kio nickte. Das war wirklich ein sehr guter Plan.
Entschlossen ging er voran. Die große, schwere, eiserne Eingangstür der Turnhalle war glücklicherweise nicht abgeschlossen.
Kio huschte hindurch und eilte zur Umkleidekabine, als Herr Dickmann ihn zurückpfiff. »Hier entlang!«
Kio stutzte. »Das ist der Mädchen-Umkleideraum!«
»Ja eben! Minni ist ja auch etwas gestohlen worden. Und Minni ist ein Mädchen!«
Kio grübelte und fragte nach: »Du willst die Kameras in dem Mädchen-Umkleideraum anbringen?«
»Natürlich! Wo denn sonst?«
Kio wusste nicht, ob das eine gute Idee war. Aber Herrn Dickmanns Gründe klangen plausibel, fand er. Trotzdem war ihm mulmig, als er hinter Herrn Dickmann den Umkleideraum der Mädchen betrat.
Einen Moment standen die beiden da und wussten nicht so recht weiter. War es nicht doch das Beste, einfach so schnell wie möglich von hier abzuhauen?
»Dort!« Herr Dickmann zeigte auf die Ecke links gegenüber der Eingangstür. »Von dort sehen wir jeden, der hier hereinkommt!«
Die Position war gut gewählt, fand auch Kio. Aber dort oben in der Ecke gab es nichts, woran man die Kamera hätte befestigen können. Kein Haken, kein Bord, nichts. Vielleicht funktionierte es mit Klebeband.
Kio holte Kamera und Klebeband aus dem Rucksack hervor.

Dann kam das nächste Problem auf sie zu. Die Ecke war zu hoch. Eine Leiter oder so etwas gab es auch nicht.
»Achtung!«, rief Herr Dickmann plötzlich. »Da kommt jemand!«
Kio rutschte das Herz in die Hose.
»Schnell!« Herr Dickmann stieß Kio in die Seite und zeigte unter die Bank. Kio ließ sich blitzartig zu Boden fallen und robbte darunter.
Herr Dickmann wollte es ebenso machen. Aber es ging nicht. Die Bank war zu niedrig. Oder anders ausgedrückt: Herr Dickmann war zu dick.
»Oh Mist!«, fluchte er. Keuchend erhob er sich, wackelte zur Bank auf der gegenüberliegenden Seite, riss zwei, drei Jacken von den Garderobenhaken, legte sich auf die Bank und deckte sich mit den Jacken zu. Eine äußerst dürftige Tarnung, aber besser als nichts.
In dem Moment flog schon die Tür auf. Zwei Mädchen betraten den Umkleideraum.
Typisch!, dachte Herr Dickmann. Wieso konnten Mädchen niemals allein auf die Toilette gehen? Er hielt die Luft an und schloss die Augen. Beides nützte zwar nichts, aber irgendwie gab es ihm ein Gefühl, besser versteckt zu sein.
Es kam noch schlimmer, als Herr Dickmann es befürchtet hatte. Denn die Mädchen verschwanden nicht eilig auf die Toilette, sondern blieben stehen, unterhielten sich, kicherten und gackerten. Etwas Spitzes pikste Herrn Dickmann in den Rücken. Er lag auf einer Schultasche. Der Verschluss des Trageriemens hatte

sich in seinen Rücken gebohrt. Doch Herr Dickmann wagte nicht sich zu rühren.
Die beiden Mädchen ließen sich alle Zeit der Welt. Die eine sprach über irgendwelche Jungs, die andere lachte. Miriam und Jennifer hießen die beiden. So viel konnte Herr Dickmann der Unterhaltung entnehmen. Und jetzt erkannte er auch die Stimme von Miriam. Es war das Mädchen, dass Minni Hilfe zugesagt hatte. Trotzdem würde sie es wohl nicht so toll finden, zwei Jungs in der Mädchen-Umkleide vorzufinden. Herr Dickmann blieb lieber ruhig liegen.
Endlich verschwanden die beiden wieder nach draußen.
Herr Dickmann sprang auf, rieb sich den Rücken und stöhnte.
»Oh Mann! Lange hätte ich das nicht mehr ausgehalten! Bestimmt hab ich einen Riesenkratzer auf dem Rücken. Kio, schau mal nach!«
Er ging um die Bank herum, nach vorn zu Kio, der ...
»Kio?«, rief Herr Dickmann. Kio lag unter der Bank und rührte sich nicht.
»Kio!«, rief Herr Dickmann erneut.
Keine Reaktion.
Herrn Dickmanns Puls schlug schneller. Was war mit Kio passiert?
Besorgt beugte er sich hinunter, wollte Kio gerade ein wenig rütteln, als er ...
Das konnte doch wohl nicht wahr sein! Herr Dickmann hörte leise Schnarchgeräusche!

»Kio!«, schrie er.

Kio schreckte hoch.

»Hä?«

Er stieß sich den Kopf.

»Aua!«

»Was machst du da?«, fuhr Herr Dickmann ihn an.

»Oh!«, entschuldigte sich Kio. »Ich war wohl ein wenig eingenickt.«
»Eingenickt?«, wiederholte Herr Dickmann und fasste sich an den Kopf. »Wir führen hier eine äußerst gefährliche Aktion durch und du pennst?« Herr Dickmann konnte es einfach nicht glauben. Er öffnete den Mund, um seine Standpauke fortzusetzen, als sich erneut die Tür hinter ihm öffnete.
»Ich will noch mal die SMS im Handy checken!«, rief Miriam Jennifer zu. Dann blieb ihr der Satz im Halse stecken. Sie entdeckte Herrn Dickmann und Kio. Kio lag noch halb unter der Bank, Herr Dickmann kniete davor.
»Was macht ihr denn hier, ihr Zwerge?«, fuhr Miriam die beiden an.
Kio rappelte sich auf und Herr Dickmann begann zu stottern: »Äh ... hallo ... wir kennen uns ... äh ... wie geht's?«
Miriam zog ihre Augenbrauen zusammen und musterte Herrn Dickmann finster. Dann fiel ihr die Begegnung mit Minni und ihrem Bruder ein. In wenigen Worten erzählte sie ihrer Freundin Jennifer davon.
»Und wieso bist du nun hier?«, fragte Jennifer ihn.
Herr Dickmann druckste herum.
Da fiel Miriams Blick schon auf die Webcam, die Kio in der Hand hielt. Sie entriss ihm die Kamera, zeigte sie Jennifer und fauchte: »Ich glaub's ja wohl nicht. Ihr wolltet doch wohl nicht etwa die Kamera hier anbringen?«
Ihre Stimme klang bedrohlich. Herr Dickmann wich zwei Schrit-

te zurück und hätte dabei fast Kio umgestoßen. Sie mussten gar nicht erst nach Ausflüchten suchen.
»Aber wir wollen den Dieb erwischen!«, verteidigte sich Herr Dickmann.
»Deshalb kannst du doch nicht heimlich Mädchen beim Umkleiden beobachten!«, wies Jennifer ihn zurecht.
»Aber . . .«, wollte Kio einwenden.
Doch Jennifer fuhr ihm über den Mund. »Nix aber! Wollt ihr etwa, dass wir euch in Unterhosen der ganzen Welt präsentieren?«
»Nein!«, rief Kio empört.
»Eben! Und wir Mädchen mögen das auch nicht!«, erklärte Jennifer.
Herr Dickmann konnte dem Vergleich nicht folgen. »Wir wollten das doch niemandem zeigen. Wir wollten damit den Dieb überführen!«
»Ob du oder die ganze Welt das sieht, ist egal. Hier ist Privatbereich der Mädchen. Da hat niemand ungefragt hineinzuschauen. Capito?«, stellte Jennifer klar.
»Das wär ja noch schöner«, ergänzte Miriam. »Stell dir vor: Ihr sucht einen Dieb, unser Lehrer einen Schulschwänzer, die Polizei einen Einbrecher, der Hausmeister einen Brandstifter. Und jeder installiert hier seine Kamera. Nur für sich. Oder wie stellst du dir das vor?«
Herr Dickmann stellte sich einen Umkleideraum vor, wo an der Decke unzählige Kameras hingen, die jede Bewegung aufzeichnete. In einem solchen Raum würde er sich auch nicht umziehen.

»Stimmt!«, räumte er ein. »Und wie finden wir nun den Dieb?«
Jennifer zog die Stirn kraus. Ein Zeichen, dass sie nachdachte.
Miriam pustete sich eine Strähne aus der Stirn, warf ihrer Freundin einen Blick zu. Beide nickten sich zu.
»Wir treffen uns heute Mittag. Dann sehen wir weiter!«
»Wo?«
»Am Schultor!«

Noch mehr Diebstähle

Mittags am Schultor herrschte große Aufregung. Als Herr Dickmann und Kio dort ankamen, stand Minni mit einigen aus ihrer Schulklasse schon da.

»Stell dir vor!«, ging sie auf ihren Bruder zu. »Es wurde noch mehr gestohlen: Marias MP3-Player in der dritten Stunde,

Thorstens neue Sportschuhe in der großen Pause und Claras Taschenrechner.«

»In der Parallelklasse wurde auch einiges gestohlen«, ergänzte Max.

Als er mit der Aufzählung begann, kamen gerade Miriam und Jennifer hinzu. Aufmerksam hörten sie sich die Liste an: »Ein Computerspiel, ein Gameboy, zweimal Bargeld und zwei Blockflöten.«

»Zwei Blockflöten?«, fragte Kio nach. »Wer stiehlt denn Blockflöten?«

Auch Herr Dickmann musste lachen. Er hätte seine blöde Blockflöte liebend gern freiwillig fortgegeben. Er hasste Blockflöten. Die stahl man doch nicht!

»Klarer Fall!«, fand Miriam. »Das stiehlt einer, um die Sachen weiterzuverkaufen!«

Herr Dickmann strahlte. Genau! Miriam hatte Recht. Sie waren wirklich einer großen Sache auf der Spur. Da wurde es wirklich höchste Zeit, endlich den Detektivclub zu gründen und . . .

»Da kommt Ben!«, rief Jennifer. Sie lief auf den Jungen zu und schmatzte ihm einen Kuss auf den Mund.

Herr Dickmann und Kio verzogen angewidert ihre Gesichter.

Der Junge, der Ben hieß, wischte den Kuss mit der Handfläche ab und sagte: »Hallo. Was ist denn hier los?«

Jetzt erkannte Herr Dickmann ihn. Ben wohnte in seiner Straße. Er hatte ihn schon oft gesehen. Und auch den, der jetzt von hinten in einem unglaublich langsamen Tempo angeschlichen kam. Auf seltsame Weise ging er gebückt, als ob er etwas suchte.

»Der sucht tatsächlich!«, lachte Miriam. »Das ist Thomas. Der sammelt alles, was er findet.«
»Genau das Gegenteil von meiner Schwester«, sagte Herr Dickmann. »Die verliert alles, was sie hat, und findet nie was wieder!«
Minni trat ihrem Bruder gegens Schienbein.
Herr Dickmann jaulte auf.
»Thomas hat ständig Angst, etwas zu übersehen, das *umsonst ist und das man nur zu nehmen braucht*, wie er immer sagt«, erklärte Miriam.
Endlich hatte Thomas die kleine Gruppe erreicht. Jennifer brachte ihn und Ben schnell auf den neuesten Stand der Dinge.
»Mmmh«, überlegte Ben. Er rieb sich mit der rechten Hand das Kinn. »Wer immer der Dieb ist, er muss die Sachen ja wieder loswerden.«
»Flohmarkt!«, fiel Thomas ein. Er liebte Flohmärkte.
Ben schüttelte den Kopf. »Zu gefährlich. Da kann doch jemand vorbeikommen und etwas wieder erkennen, was ihm gestohlen wurde. Ich denke, er wird es woanders verkaufen. Nicht hier in unserer Stadt! Irgendwo in Deutschland.«
»In Deutschland?«, stöhnte Minni auf. »Mein Discman wird irgendwo in Bayern oder an der Nordsee verkauft? Dann finden wir den ja nie.«
»Abwarten!«, beruhigte Ben. »Wenn ich der Dieb wäre . . .«
»Du?«, fuhr Minni ihn an.
»Wenn ich es *wäre*«, betonte Ben. »Man muss sich ja in die Gedanken des Täters versetzen!«

»Genau!«, bestätigte Herr Dickmann. Genau so stellte er sich die Aufgaben seines Detektivclubs vor. Er verstand nicht, wieso sie nicht längst einen gegründet hatten.
»In die Gedanken des Täters?«, setzte Minni nach. »Weißt du denn, wer der Täter ist?«
»Natürlich nicht!«, entgegnete Ben.
»Woher willst du denn wissen, was der denkt, wenn du ihn nicht einmal kennst?«, fragte Minni.
Allmählich wurde Ben ärgerlich. »Mensch, das ist doch nur eine Annahme!«
»Na prima!«, meckerte Minni.
»Du verstehst nix von Detektivclubs!«, wies Herr Dickmann seine Schwester zurecht.
»Was denn für ein Detektivclub?«, fragte Thomas dazwischen. Detektivclub klang gut, fand er. Da würde er auch gern mitmachen.
Ben fasste sich an den Kopf. »Kann ich jetzt vielleicht mal meine Idee äußern?«, rief er.
Die anderen verstummten.
Ben wartete einen Augenblick, ob nicht doch wieder jemand dazwischenquatschte. Als es ruhig blieb, setzte er fort: »Also, wenn ich der Täter *wäre* . . .« Bei diesem Wort warf er Minni einen prüfenden Blick zu. Sie beantwortete den Blick mit großen Augen, als ob sie sagen wollte: »Ist was?«
Ben setzte zum dritten Male an: »Wenn ich der Täter wäre, würde ich dic gestohlene Ware im Internet verkaufen!«

»Im Internet?«, schrie Minni auf. »Da wird mein Discman vielleicht nach Moskau verkauft oder nach Las Vegas oder nach Kapstadt oder nach Tokio!«
»In Tokio haben die selbst bessere Geräte«, warf Kio ein.

»Nein!«, widersprach Ben.
»Doch!«, behauptete Kio.
»Das meine ich nicht!«, stellte Ben klar. »Ich meinte, die Ware wird vermutlich bei einer deutschen Internet-Auktion angeboten. Da merkt niemand, dass sie gestohlen wurde!«
»Keine schlechte Idee«, fand Miriam.
»Eben!« Ben war froh, dass ihn endlich mal jemand verstand.

Dem Täter auf der Spur

Bei Ben zu Hause wurde gerade die Küche renoviert. Damit die Handwerker Platz hatten, die Wände zu streichen und die neuen Schränke einzubauen, musste die gesamte Küche für drei Tage auf den Rest der Wohnung verteilt werden. In Bens Zimmer stapelten sich Kisten mit Geschirr, Kochtöpfen und Gläsern. Kein Platz für Besuch.

So hatten sich alle bei Kio eingefunden: Herr Dickmann, Minni, Ben, Thomas und Miriam. Jennifer ging an diesem Nachmittag zu einer Lesung in die Stadtbibliothek. Eine tolle Autorin las aus einem Krimi vor. Miriam wollte den Krimi lieber live erleben.

Ben nickte anerkennend mit dem Kopf, als er Kios Computer und die drei Monitore sah.

Thomas war begeistert von der Einrichtung des Zimmers. Niemals zuvor hatte er in einem Zimmerdschungel gestanden.

Miriam wandte sich leise an Minni: »Wo sind wir denn hier gelandet?«

»Bei Verrückten!«, flüsterte Minni zurück. »Aber nette Verrückte!«

»Das Beste kommt noch!«, rief Herr Dickmann.

Und da kam es auch schon. »Gu-ten Tag!«, blecherte Kuzip zwölf und rollte dem Besuch entgegen.

»Was ist das denn?«, rief Miriam. Kuzip war zwar nicht der erste Roboter, den sie in ihrem Leben sah[1]. Aber in einem stinknormalen Privathaushalt war ihr noch nie einer begegnet.
»Möch-ten Sie et-was trin-ken?«, fragte Kuzip zwölf.
»Gern!«, antwortete Ben begeistert. »Gibt's Cola?«
»Nein!«, schrie Kio.
Ben hob abwehrend die Hände. »Sorry. Ich kann auch etwas anderes trinken!«
»Gar nichts!«, rief Kio entsetzt. »Nicht!«
Doch es war zu spät. Kuzip zwölf hatte bereits gedreht und das Zimmer verlassen.

»Oh Mann!«, stöhnte Kio. »Das gibt Ärger mit meiner Mutter!«
»Wieso?«, fragte Miriam. »Was hat die gegen Cola?«
»Es geht nicht um die Cola. Es geht um einen Fehler bei Kuzip zwölf!«, rief Kio und stürzte hinter dem Roboter her.
»Was hat er denn?«, fragte Miriam in die Runde.
»Hab ich doch gesagt«, erinnerte Minni. »Nur Verrückte hier!«
Da hörten sie einen lauten Schrei. Kios Mutter.
Miriam rannte los, die anderen folgten.
In der Küche bot sich ihnen ein seltsames Bild.
Kuzip zwölf surrte so wild hin und her, als hätte ihn jemand an Starkstrom angeschlossen.

[1] Lies nach in: »UFO der geheimen Welt«

Kios Mutter hatte die Hände in die Hüften gestützt und schnauzte Kio an, der entschuldigend mit den Händen wedelte.

Kuzip zwölf hatte seine Tentakelarme weit ausgefahren. Mit dem einen warf er Kaffeepulver durch die Küche, mit dem anderen verspritzte er eine Zwei-Liter-Flasche Limonade.

»Stell ihn sofort ab!«, befahl Kios Mutter. Aber sie wusste, dass Kuzip zwölf nicht so einfach abstellen konnte. Das ging nur mit einem Spezialschlüssel, den Kios Vater bei sich trug. Und Kios Vater war nicht da.

»Was ist hier los?«, fragte Miriam.

Kio hatte keine Zeit, zu antworten. Er sprang um den Roboter herum und versuchte ihn festzuhalten, was ihm aber nicht gelang.

»Ein Programmierfehler meines genialen Mannes!«, zischte Kios Mutter Miriam als Antwort zu. »Ich nehme an, dieses Schrottding hat euch gefragt, ob ihr etwas trinken möchtet!«

Miriam bejahte. »Was war daran so schlimm?«

»Im Prinzip nichts«, antwortete Kios Mutter. »Ihr hättet nur nicht ›Cola‹ sagen dürfen.«

»Warum denn das?«, fragte sich Thomas.

»Kof-fe-in-hal-ti-ges Li-mo-na-den-ge-tränk!«, meldete sich Kuzip zu Wort.

»Was?«, fragte Minni.

Kios Mutter wiederholte: »*Koffeinhaltiges Limonadengetränk.* Und da wir keine Cola im Haus haben, versucht dieses blöde Technik-Monstrum nun selbst Cola herzustellen: aus Limo und Kaffee!« Sie wandte sich sofort wieder Kio zu. »Mach, dass er aufhört. Sieh dir diese Sauerei an!«

Mit weit ausgebreiteten Armen deutete sie auf die Küche, in der es Kaffeepulver regnete.

»Ich versuche es ja!«, jammerte Kio. »Ich erwische ihn nicht!«

»Können wir helfen?«, fragte Herr Dickmann.

»Ja!«, antwortete Kio. »Haltet ihn fest!«
Ben, Herr Dickmann und Miriam stürzten sich auf den kleinen Roboter und hinderten ihn daran, weiterzufahren. Es war schwerer, als Ben vermutet hätte. Der kleine Kerl besaß enorme Kraft.
»Du nicht!«, rief Kio Ben zu. »Du musst ihm das Glas aus der Hand nehmen und dich bedanken.«
Ben kam nicht ganz mit. »Wieso? Bedanken? Wofür?«
»Er muss denken, er hätte seine Aufgabe erledigt. Nimm das Glas und bedanke dich für die Cola, die du bestellt hast!«, flehte Kio. Kios Mutter hatte die Arme vor der Brust verschränkt und beobachtete das Chaos.
Ben seufzte und tat, was Kio ihm gesagt hatte – und kam sich dabei ungeheuer blöd vor. Er bedankte sich bei einem durchgedrehten Metalleimer für eine Cola, die er nie erhalten hatte.
Aber es funktionierte. Kaum hatte Ben Kuzip zwölf das Wasserglas weggenommen und sich bedankt, hielt der Roboter still und antwortete: »Bitte. Gern geschehen!«
»*Gern geschehen?*«, wiederholte Kios Mutter. »Sieh dir diesen Saustall an!«
Aufgebracht entschied sie: »In fünf Minuten ist die Küche picobello sauber. Und ich will darüber keine Diskussion!«
Es half nichts. Die Tätersuche musste warten und die Gründung des Detektivbüros verschoben werden. Mütter besaßen eben keinen Sinn fürs Wesentliche. Kio, Herr Dickmann, Minni, Miriam, Ben und Thomas mussten sich Lappen, Eimer und Putzmittel heraussuchen und die Küche schrubben.

»Hätte ich bloß Jennifer begleitet!«, muffelte Miriam.
»Wir brauchen einen Staubsauger!«, verlangte Minni. »Habt ihr einen?«
»Kuzip zwölf ist auch ein Staubsauger«, erinnerte Herr Dickmann.
»Wehe!«, warnte Miriam. »Wer diese Blechdose noch ein Mal aktiviert, bekommt Ärger mit mir!«
Die anderen schwiegen und schrubbten.

Internet

Es war spät geworden, als die Kinder die Küche gereinigt hatten. Miriam fand, sie war sauberer als vorher. Ben sah auf die Uhr; er musste eigentlich nach Hause. Da die Küche bei ihm zu Hause noch immer außer Betrieb war, wollte seine Mutter mit ihm eine Pizza essen gehen. Auch Miriam drängte. Sie war noch mit Jennifer verabredet.

Doch Herr Dickmann bettelte so lange, bis die beiden nachgaben. Auch Thomas strahlte. Schließlich war er nicht hierher gekommen, um eine fremde Küche zu putzen, sondern um mit den anderen zusammen einen Kriminalfall zu lösen.
Ben setzte sich an Kios Computer. Besser gesagt, er versuchte es. Denn Kio nutzte für seine Arbeiten am PC keinen normalen Stuhl, sondern einen, wie Ben ihn nur vom Zahnarzt kannte.
»Der sieht nicht nur so aus«, stellte Miriam fest. »Der riecht auch noch nach Zahnarzt!«
»Der ist auch vom Zahnarzt«, erklärte Kio. »Den hat mein Vater besorgt! Ist unheimlich bequem!« Er drückte eine Taste. Die Lehne senkte sich leise surrend, bis Ben auf dem Stuhl lag, als ob gleich wirklich ein Zahnarzt mit einem Bohrer kommen würde. Doch statt einem Zahnarzt entdeckte Ben etwas anderes. Über ihm an der Decke klebte ein großer Spiegel, der in einem solchen Winkel angebracht war, dass er den Bildschirm des Computers wiedergab.
»Bequem, oder?«, fragte Kio. »Man kann im Liegen schreiben, wenn man sich die Tastatur auf den Bauch legt!«
»Spiegelverkehrt!«, sagte Ben.
»Stimmt!«, räumte Kio ein. »Das ist ein kleines Problem. Aber man gewöhnt sich daran. Leonardo da Vinci[1] hat schließlich auch in Spiegelschrift geschrieben.«
»Lass mich wieder hoch!«, bat Ben.

1 Leonardo da Vinci (1452–1519), Universalgenie: Maler, Philosoph, Architekt, Konstrukteur, Erfinder, Naturwissenschaftler. Er war einer der erfinderischsten und begabtesten Denker, die es je gegeben hat.

Kio drückte einen Knopf und Ben fuhr zurück in eine aufrechte Sitzposition. Endlich konnte er sich ins Internet einklinken und eine Verkaufsauktion aufrufen.
»Hier kann man gebrauchte Sachen kaufen!«, erklärte er. »Jedermann kann hier etwas anbieten. Die meisten bilden ein Foto mit kurzer Beschreibung ab. Und jeder, der im Internet ist, kann es sich ansehen und auf den Gegenstand bieten.«
Ben rief ein Beispiel auf. Jemand bot einen Fotoapparat für einen Euro an.
»Ey!«, rief Herr Dickmann. »Nur einen Euro. Den will ich sofort kaufen!«
»Geht nicht!«, lachte Ben. »Die Auktion dauert noch fünf Tage. Zwar könntest du jetzt 1,10 Euro bieten. Aber in fünf Tagen liegt der Fotoapparat bestimmt bei hundert Euro oder mehr.«
»Och, schade!«, fand Herr Dickmann.
»Das wäre etwas für dich, Thomas!«, fand Miriam. Sie wusste, Thomas hatte die Garage seines Vaters bis unters Dach mit seinen Fundstücken voll gestopft. Alte Regenschirme, defekte Feuerzeuge, löchrige Schuhe, verrostete Schlösser . . . was immer man sich vorstellen konnte.
»Bist du verrückt?«, empörte sich Thomas. Er sammelte die Dinge schließlich nicht, um sie zu verkaufen, sondern, weil er sie bestimmt eines Tages noch gut brauchen konnte.
»Da!«, rief Minni plötzlich.
Ben hatte sich zu den tragbaren CD-Playern durchgeklickt und die Angebote aufgerufen, die erst seit kurzem im Netz standen.

»So einen hatte ich!« Minni war vorgesprungen und tippte mit dem Zeigefinger auf den Bildschirm. Nun stand sie aber Ben im Wege. Er konnte nichts mehr sehen. Sachte schob er sie beiseite. Minni las das Fabrikat und die Typnummer vor. »Genau so einen hatte ich. In Pink!«

»Dieser ist pink!«, ergänzte Kio.

Ben klickte den angebotenen CD-Player an. Das komplette Angebot wurde gezeigt, inklusive eines großen Fotos.

»Das ist meiner!« Minnis Stimme überschlug sich fast vor Aufregung.
»Woher willst du das so genau wissen?«, fragte Thomas. »Es gibt hunderte pinkfarbene CD-Player dieses Fabrikats.«
Minni schob sich wieder vor den Bildschirm. Sie war zu aufgeregt, um daran zu denken, dass die anderen nun nichts mehr sehen konnten.
»H. D.! Ich habe meine Initialen mit ’nem Zirkel eingeritzt!«
»H?«, wunderte sich Thomas. »Ich denke, du heißt Minni?«
Minni erläuterte den Grund.
»Wer bietet den CD-Player an?«, fragte Miriam. »Wenn wir das wissen, haben wir den Täter!«
»Leider nicht ganz!«, schränkte Ben ein. »Die Leute verkaufen mit Fantasienamen. Die richtigen Namen und Adressen kennt nur der Internetanbieter dieser Auktion. Der Kunde erkennt die Daten unter Umständen, wenn man den Artikel kauft. Aber vielleicht auch nicht. Man muss das Geld überweisen und . . .«
Er klickte sich weiter.
»Aha!«
»Was aha?«
»Der Verkäufer akzeptiert nur Barzahlung. Man muss den Artikel persönlich abholen!«
»Klar!«, kombinierte Herr Dickmann. »Es ist jemand aus der Schule. Ein Schüler. Und der hat noch kein Konto!«
»Na, dann haben wir den Täter doch so gut wie sicher!«, glaubte Miriam.

Die anderen sahen sie fragend an.
»Wir kaufen das Teil, verabreden die Geldübergabe und dann schnappen wir ihn!«
»Keine schlechte Idee!«, fand Thomas.
Herr Dickmann rieb sich die Hände. Eine Geldübergabe mit dem Täter. Der Fall entwickelte sich entschieden aufregender, als er zu hoffen gewagt hatte.
»Hoffentlich ist der nicht bewaffnet!«, warf Kio ein.
Ben schrak auf. »Bewaffnet? Wieso soll der denn bewaffnet sein? Das ist doch kein Fernseh-Krimi!«
»Ach so!«, machte Kio. Er schien fast enttäuscht zu sein.
»Es gibt allerdings einen kleinen Haken!«, warf Ben in die Runde.
»Und der wäre?«, fragte Minni.
»Um das Geld zu übergeben, müssen wir erst die Auktion gewinnen.«
Ben legte einen neuen Benutzer für das Auktionshaus an, sodass Minni auf ihren eigenen Discman bieten konnte. Natürlich unter anderem Namen. Sie sollte als Betrag das Doppelte des Neupreises eingeben, schlug Ben vor.
Minni protestierte, doch Ben beruhigte sie. Schließlich wollten sie das Geld ja gar nicht zahlen, sondern nur den Täter auf frischer Tat ertappen. Mit dem eingegebenen Betrag aber würden sie die Auktion mit Sicherheit gewinnen. Trotzdem musste sie noch 24 Stunden auf das Ende der Auktion warten. Eine unerträglich lange Zeit, fand Herr Dickmann.

Nachdem das Angebot abgegeben war, verabschiedeten sich Miriam, Ben und Thomas. Und verabredeten sich gleichzeitig für den nächsten Tag nach Auktionsende, um die scheinbare Geldübergabe zu planen.
Minni, Kio und Herr Dickmann blieben zurück.
»Was machen wir jetzt solange?«, fragte Herr Dickmann voller Ungeduld.
In diesem Moment erschien Kuzip zwölf in Kios Zimmer.
»Et-was zu trin-ken?«, fragte er.

Minnis Verdacht

Vom Bildschirm leuchtete Minni immer noch das Abbild ihres schönen, neuen Discman entgegen. Darunter der Fantasiename, unter dem sich der Dieb in die Internet-Auktion eingeloggt hatte: *Schlange*.

Warum nannte sich jemand Schlange?, fragte sich Minni. Sie überlegte, zu wem aus ihrer Klasse der Name passen würde. Schlange, Schlange ...

Herr Dickmann zuckte mit den Schultern.

Minni sah ihren Bruder an. »Du meinst also, es ist ein Mädchen?«

Herr Dickmann stutzte. Darüber hatte er gar nicht nachgedacht. Aber jetzt, da Minni es erwähnte ... Es hieß ja *die* Schlange, da dachte man automatisch an ein Mädchen, fand er.

Aber selbst, wenn Minni nur an die Mädchen ihrer und der Parallelklassen dachte, fiel ihr nicht so richtig eine Passende ein. Der Reihe nach ging sie laut einige Namen durch. Bei einem wurde Kio hellhörig.

»Wiederhole mal den letzten Namen!«, forderte er Minni auf.

»Wieso?« Minni überlegte, welche Schülerin sie als Letztes genannt hatte. Dann fiel es ihr wieder ein: »Svenja Lange! Was ist mit der? Kennst du sie?«

»Ich kenne noch überhaupt niemanden in der Schule«, entgegnete Kio. »Außer euch. Und Ben und Miriam. Und Thomas. Und diese Jennifer.«

»Ganz schön viel für den Anfang«, stellte Herr Dickmann anerkennend fest.

»Ent-schul-di-gung«, mischte sich Kuzip zwölf plötzlich ein. »Et-was zu trin-ken?«

»NEIN!«, brüllte Kio.

»Wieso fragt der ständig?«, wollte Minni wissen. »Das nervt ja total!«
»Und die neu-en Gäs-te?«, fragte Kuzip zwölf nach.
»Welche neuen Gäste?« Obwohl er wusste, dass niemand gekommen war, drehte sich Herr Dickmann suchend um.
Kio seufzte.
»Die Namen, die Minni aufgezählt hast«, erklärte Kio.
»Manchmal ist er ein bisschen plemplem, oder?«, vergewisserte sich Minni.
Kio wog den Kopf. »Einerseits ja. Andererseits ist er der am weitesten entwickelte Haushaltsroboter, den es auf der Welt gibt. Aber wie ihr seht, ist es bis zur Serienreife noch ein weiter Weg.«
Er wandte sich sicherheitshalber erneut an den Roboter. »Nein, niemand möchte etwas trinken, Kuzip zwölf. Auch Svenja Lange nicht.«
»Auch Sven-ja Lan-ge nicht«, wiederholte Kuzip zwölf und stellte sich wieder auf Stand-by-Modus.
Kio atmete auf. Aber dann fiel ihm ein, weshalb er bei Minnis Aufzählung so hellhörig geworden war.
»Svenja Lange!«, murmelte er.
»Was ist mit ihr? Was hast du immer mit Svenja Lange?«, hakte Minni ungeduldig nach.
»Kürz mal ab«, forderte Kio sie auf.
Herr Dickmann nahm es seiner Schwester ab: »S. L. Na und?«
»Nur den Vornamen!«, präzisierte Kio. »S. Lange!«

»S. Lange?« Minni begriff immer noch nicht.
Kio grinste sie an. »Zusammengesprochen: Slange. Klingt, als ob ein Däne *Schlange* sagen würde.«
»Svenja ist aber keine Dänin!«, stellte Minni klar.
Doch das war auch nicht notwendig, pflichtete nun Herr Dickmann seinem neuen Freund bei. »Aber versetzen wir uns mal in Svenjas Lage!« Herr Dickmann war jetzt schon wieder ganz Detektiv. Es wurde wirklich Zeit, dass sie den Club gründeten. »Du sitzt vor dem Computer und heißt Svenja Lange.«
»Ich heiße Hermine Dickmann.«
»Ich weiß! Stell es dir trotzdem vor!«, forderte Herr Dickmann. »Und du überlegst, mit welchem Namen du dich ins Internet einloggst. Mmmmh, grübelst du.« Herr Dickmann war in seinem Element. Genüsslich spielte er die Rolle von Svenja Lange. »Du probierst: S. Lange. Mmmmh. . ., grübelst du weiter!«
»Ja!« Minni wurde ungeduldig.
»*Slange*, denkst du, und schwupps, hast du die Idee: Du setzt einfach *ch* dazwischen und die *Schlange* ist geboren!«
»Ich weiß nicht!«, zweifelte Minni.
Doch Herr Dickmann war von seiner Theorie überzeugt: »Ich wette, genau so war es!«
»Ihr meint: Svenja Lange ist die Diebin?«
»Bingo!«, rief Herr Dickmann. »Wir haben sie!«
Kio ließ sich von Herrn Dickmanns Begeisterung anstecken. »Dann müssen wir die Schlange jetzt nur noch zur Schnecke machen!«

»Wieso zur Schnecke?«, fragte Minni.
»Oh Mann!«, stöhnte Kio. »Das war ein Witz. Ich meinte: dingfest machen. Überführen. Hops nehmen.«
»Mir reicht, wenn wir sie fassen!«, stellte Minni nüchtern fest.
Herr Dickmann schüttelte den Kopf.
»Okay«, gab er sich geschlagen. »Tun wir das!«

Die Lage spitzt sich zu

Svenja Lange also war die Diebin. So viel stand für Minni fest. Dass sie nicht gleich darauf gekommen war! Sie konnte Svenja ohnehin nicht leiden. Wie die immer aussah! Meist hatte sie fettige Haare. Ihre Kleidung wirkte abgetragen. Ihre Schulhefte waren oft zerknittert und ihr Lesebuch hatte Flecken. Weil ihr kleiner Bruder Erdbeermilch drübergeschüttet hatte, behauptete

Svenja. Aber bestimmt war sie es selbst gewesen. »Auf Svenjas Shirt kann man noch am Freitag ablesen, was es Mittwoch zu Mittag gab«, hatte Mareike, Minnis Tischnachbarin, mal gelästert. »An den Flecken!«

»Voll asozial!«, hatten sie beide festgestellt. Wenn jemand die anderen Schüler bestahl, dann die. Das war doch sonnenklar!

Gemeinsam mit ihrem Bruder und Kio hatte Minni das Schultor erreicht. Von weitem sahen sie Svenja auf dem Schulhof stehen. Sie stand allein und schien etwas zu beobachten.

»Die tut echt so, als wäre nichts!«, empörte sich Minni. »Aber vermutlich guckt sie sich ihr nächstes Opfer aus. Die falsche Schlange! Also wenigstens ihren Namen hat sie passend gewählt.«

Minni konnte sich nicht zurückhalten. Sie stampfte wütend über den Schulhof, dicht an Svenja vorbei und rempelte sie leicht an.

»Hey!«, beschwerte sich Svenja. »Was soll das?«

»Ist was, Schlange?«, giftete Minni sie an.

»Hä? Bist du blöd?«, fragte Svenja.

»Werd nicht noch frech!«, fauchte Minni. »Du weißt schon Bescheid!«

Kio und Herr Dickmann beobachteten die Szene aus einiger Entfernung.

»Mann!«, schimpfte Herr Dickmann. »Die vermasselt noch alles!«

Bevor seine Schwester noch mehr Unheil anrichten konnte, rief er laut nach ihr.

»Wir kriegen dich!«, stieß Minni aus, ließ von Svenja ab und ging zurück zu ihrem Bruder.
»Was soll das?«, beschwerte er sich. »Du verrätst noch unseren ganzen Plan!«
»Pah!«, machte Minni. »Ich weiß ja jetzt, wer die Diebin ist. Die schnappe ich mir. So oder so.«
»Ich habe einen besseren Plan«, teilte Herr Dickmann mit. »Bei der Geldübergabe wird sie ja nur den Discman mitbringen, den wir angeblich kaufen wollen!«
»Das langt doch!«, fand Minni. »Ich will nur meinen Discman wiederhaben!«
»Aber sie hat ja noch mehr gestohlen. Wenn wir sie beobachten und verfolgen, können wir vielleicht alles entdecken, was sie gestohlen hat!«
»Prima Idee!«, stimmte Kio zu.
Minni zuckte mit den Schultern. »Wenn ihr meint!«
»Klar meinen wir!«, rief Herr Dickmann. Endlich benötigten sie seinen Detektivclub, der noch immer nicht gegründet war.
Doch große Pläne scheitern manchmal an den kleinsten Dingen. Der große Plan war klar: Die beiden grandiosen Detektive Herr Dickmann und Kio würden sich auf die Lauer legen und die verdächtige Person »Svenja Lange« keine Sekunde aus den Augen lassen.
Die Kleinigkeit, die dabei störte: Es klingelte zur Stunde. Die beiden genialen Detektive mussten in den Unterricht.
»Mist!«, fluchte Herr Dickmann. Svenja Lange ging in Minnis

Klasse. Also musste sie – zumindest für die Unterrichtszeit – die Observation übernehmen.
»Die was?«, fragte Minni.
»Observation!«, wiederholte Kio. »Beobachtung!«
»Sag das doch gleich!«, beschwerte sich Minni. »Ja, klar mach ich. Ich observiere sie!«
»Ich *observiere!*«, verbesserte Kio.
»Wieso du? Du musst doch in den Unterricht!«
Kio und Herr Dickmann hätten ebenso gut im Unterricht fehlen können. Aufpassen konnten sie ohnehin nicht. Zu sehr waren sie mit ihren Gedanken bei dem Fall. Hoffentlich machte Svenja Lange keine Tricks. Hoffentlich behielt Minni sie im Auge.
In der dritten Stunde stand Sport auf dem Stundenplan. Vielleicht konnten sie ausnahmsweise mal schwänzen.
»Wir können doch sagen, wir haben unser Sportzeug vergessen, und uns dann ein wenig umgesehen«, schlug Herr Dickmann vor.
»Huch, ich habe mein Sportzeug vergessen!«, rief Kio.
»Pst!«, machte Herr Dickmann. »Doch nicht jetzt. Nachher, beim Sport, sagen wir das!«
Kio schüttelte den Kopf. »Nein, ich habe mein Sportzeug wirklich vergessen. Meine Sporttasche liegt noch im Kofferraum. In der Aufregung habe ich es ganz vergessen.«
Im Kofferraum?!
Natürlich fuhr Kio nicht mit dem Auto zur Schule. Herr Dickmann hatte sich zunächst gewundert, weshalb Kio überhaupt

mit dem Fahrrad fuhr. Er ging nämlich zu Fuß, und da sie gemeinsam gingen, rollte Kio sein Rad eigentlich mehr nebenher, als dass er es fuhr. Andererseits konnte Herr Dickmann es verstehen. Denn natürlich besaß Kio kein gewöhnliches Fahrrad. Seines war eine Mischung aus Tretauto, Gocart, Fahrrad und Seifenkiste. Große Räder wie bei einem Fahrrad – hinten zwei, vorne ein kleineres – trugen ein Gestell, in dem Kio saß wie in einer Seifenkiste, lenkte wie in einem Gocart und trat wie in einem Tretauto. Allerdings hatte das Gefährt 21 Gänge wie ein Rennrad. Und hinten war eine hölzerne Kiste angebracht: der von Kio so genannte Kofferraum.

Kio meldete sich, erzählte dem Lehrer von seinem Sportzeug und durfte hinaus, um es zu holen.
»Genial!«, fand Herr Dickmann. Das war doch die Idee, dem Unterricht zu entfliehen und sich in aller Ruhe dem Fall widmen zu können. Und das sogar noch mit Erlaubnis!
Sofort meldete sich Herr Dickmann und sagte, sein Sportzeug hinge ebenfalls am Fahrrad.
»Prima!«, antwortete der Lehrer. »Dann kann Kio es ja mitbringen!«
Herr Dickmann stutzte. Jetzt war schnelles Handeln gefragt. »Der weiß gar nicht, wo mein Rad steht!«
Der Lehrer nickte, seufzte, zog die Schultern hoch und erlaubte »in Gottes Namen« auch Herrn Dickmann zum Fahrrad-Unterstand zu gehen.
Das war gerade noch mal gut gegangen. Schon flitzte Herr Dickmann Kio hinterher.
»Warte mal!«, rief er. Weil Herr Dickmann so fett war, war er deutlich langsamer als Kio und kam kaum hinterher. »Wo willst du denn hin?«
»Zum Fahrrad! Mein Sportzeug holen!«, antwortete Kio.
Herr Dickmann fasste sich an den Kopf. »Ich denke, wir kümmern uns um den Fall?«
»Erst hole ich mein Sportzeug!«, entschied Kio. »Das war teuer. Wenn ich das verliere, macht meine Mutter Ärger!«
Herr Dickmann willigte ein und schlurfte Kio bis zu dessen Rad hinterher.

Kio öffnete seinen Kofferraum und stieß einen Schrei des Entsetzens aus.
Herr Dickmann fuhr zusammen. »Was ist?«
»Mein Sportzeug ist verschwunden!«

Zugriff

Herr Dickmann schaltete sofort. »Das kann noch nicht lange her sein!« Der Unterricht lief nicht einmal fünfzehn Minuten. Und Svenja Lange war ja zeitgleich mit Minni in die Unterrichtsstunde gegangen. Das hatten Kio und Herr Dickmann beobachtet.

»Los!«, spornte Herr Dickmann Kio an. »Wir schauen nach, ob Svenja im Unterricht ist!«

Kio zögerte. In einen fremden Unterricht einfach so hineinzuplatzen würde der Lehrer bestimmt nicht gut finden.

Doch Herr Dickmann beruhigte ihn. »Wir gehen von hinten und schauen durchs Pavillonfenster.«

Eine gute Idee, fand auch Kio und so rannten sie beide los. Das hieß: Kio rannte und Herr Dickmann stampfte schwitzend und keuchend hinterher.

»Du musst mehr Sport treiben«, rief Kio ihm von vorn zu.

»Danke!«, gab Herr Dickmann zurück. »Das verlangen meine Eltern auch immer. Ich würde ja auch gern, aber . . .«

». . . aber was?«

»Ist mir zu anstrengend!«, beendete Herr Dickmann den Satz.

Kio lachte, verstummte dann aber schnell, denn sie hatten den Pavillon schon erreicht.

Noch einmal schauten sie sich nach allen Seiten um, ob sie nicht von jemandem beobachtet wurden, dann verschwanden sie in die Büsche, durch die man sich kämpfen musste, um an die Hinterseite des Pavillons zu gelangen.
Als sie die großen Fenster erreicht hatten, duckten sie sich und spähten nur ganz vorsichtig mit der Nasenspitze über die Fensterbank hinweg ins Klassenzimmer hinein.

Herr Dickmann sah seine Schwester. Sie musste etwas aus dem Lesebuch vorlesen. Ihre Sitznachbarin Mareike malte derweil heimlich an einem Bild. Herr Dickmann sah auch die anderen Schüler, die seiner Schwester mehr oder minder aufmerksam zuhörten. Nur eine sah er nicht: Svenja Lange.

»Das gibt es doch nicht!«, zischte Herr Dickmann leise.

»Was denn?«

»Svenja Lange fehlt und Minni unternimmt nichts. Sie sollte sie doch im Auge behalten.«

»Was soll sie denn machen?«, nahm Kio Minni in Schutz. »Während sie vorlesen muss, kann sie schlecht abhauen!«

»Verdammt«, ärgerte sich Herr Dickmann. »Wir können so gut wie sicher sein, dass Svenja die Diebin ist, und nun wissen wir nicht, wo sie steckt!«

»Wir schauen mal vorne nach!«, schlug Kio vor.

Die beiden duckten sich und schlichen zurück. Kaum hatten sie das Gebüsch erreicht, erschien Svenja Lange wieder im Klassenzimmer. Aber das konnten Kio und Herr Dickmann nicht mehr sehen.

Überraschung

Statt Svenja Lange vor dem Klassenzimmer trafen die beiden Jungs Ben und Jennifer auf dem Schulhof. Die beiden hatten offenbar erst ab der zweiten Stunde Unterricht. Sie hockten auf einer Bank und Ben zeigte Jennifer irgendetwas auf seinem Laptop.
»Hallo!«, rief Herr Dickmann zu den beiden hinüber und erzählte, was sie am Morgen in der Schule schon erlebt hatten.
»Seltsam!«, wunderte sich Ben.
Herr Dickmann verstand nicht, was daran seltsam sein sollte, dass sie Svenja Lange so gut wie überführt hatten.
»Auch ich habe Neuigkeiten!«, erzählte Ben. »Offenbar wollten wir die Auktion zu sicher gewinnen. Der Dieb . . .«
»Svenja Lange, die Diebin!«, fiel Herr Dickmann ihm ins Wort.
»Abwarten!«, erwiderte Ben und setzte fort: »Also der Dieb oder die Diebin hat die Auktion für Minnis Discman abgebrochen und aus dem Angebot genommen!«
»Was?«, riefen Herr Dickmann und Kio wie aus einem Munde.
»Wieso das denn?«
»Vermutlich Lunte gerochen«, glaubte Jennifer. Miriam hatte ihr am Vorabend die ganze Geschichte von der Auktion erzählt. »Wer sonst wäre denn so blöd und bietet das Doppelte

des Neupreises in der Internet-Auktion? Klug war das jedenfalls nicht.«
Herr Dickmann zog eine Schnute. Jennifer hatte Recht. Das war kein gutes Zeugnis für seinen Detektivclub. Und das noch vor der Gründung.
Ben nickte und sah ein, dass sie einen Fehler gemacht hatten.
»Ihr habt Svenja Lange heute Morgen vor der Schule gesehen?«, fragte er die beiden Jungs.
Kio und Herr Dickmann nickten.
»Was hatte sie dabei?«
Kio und Herr Dickmann zuckten mit den Schultern. Ihnen war nichts aufgefallen. Eine normale Schultasche, also genauer gesagt, ihren kleinen, abgewetzten Rucksack.
»Einen Laptop?«, hakte Ben nach.
Kio schüttelte den Kopf. Das glaubte er nicht, so wie der Rucksack ausgesehen hatte.
»Nie und nimmer!«, war Herr Dickmann überzeugt, wenn er Minnis Erzählungen über Svenja Glauben schenkte. Die besaß ja nicht einmal richtige Schuhe. Die kam doch nicht mit einem Laptop in die Schule.
»Minnis Discman ist heute Morgen aus dem Angebot genommen worden«, erläuterte Ben. Er sah auf die Uhr. »Ich vermute, da hatte die Schule schon begonnen. Wenn Svenja Lange es also war, muss sie es von hier aus gemacht haben.«
»Von hier?«, staunte Kio. »Kann man hier an der Schule ins Internet?«

Ben grinste.
»Seit neuestem, ja! Wir haben einen neuen Computerclub an der Schule gegründet.«
»CC Level 4«, stöhnte Jennifer den Namen des Clubs. Denn seit es den Club gab, verbrachte Ben zu ihrem Leidwesen noch mehr Zeit am Computer. »Computer Club Level 4!«

»Genau!«, freute sich Ben und übergab Herrn Dickmann und Kio je einen brandneuen Aufkleber mit dem Club-Emblem.
»Wieso denn Level 4?«, fragte Kio.
»Das ist eine lange Geschichte[1]!«, wiegelte Jennifer ab.
»Jedenfalls haben wir einen so genannten Hotspot hier gründen dürfen, der den ganzen Tag aktiv ist. Jeder Schüler kann mit Laptop und WLAN-Karte[2] von jedem Ort hier in der Schule ins Internet!«
»Und in einem halben Jahr werden sogar in der Schulkantine drei Rechner aufgestellt. Unser eigenes Internet-Café sozusagen«, ergänzte Jennifer.
»Genial!«, schwärmte Kio.
»Jedenfalls«, fasste Ben zusammen, »wenn Svenja keinen Laptop dabeihat, kann sie das Angebot in der Internet-Auktion nicht verändert haben.«
»Und wenn sie es nicht verändert hat, ist sie nicht die Diebin!«, begriff Kio.
»Bingo!«, machte Jennifer.
»Aber wer ist es dann?«

[1] Lies sie nach in: »Level 4 – Die Stadt der Kinder

[2] Hotspot und Wireless-Lan-Karte bezeichnen zwei Elemente (Sender und Empfänger) eines kabellosen Netzwerkes. Oft zu finden auf Flughäfen, Bahnhöfen, Hotels, Restaurants und Cafés. Nun eben auch an dieser Schule.

Neue Spur

In der Pause berichtete Herr Dickmann seiner Schwester von den Neuigkeiten.

Minni war fassungslos. »Svenja ist nicht die Diebi n?«

Mit großen Augen und weit aufgerissenem Mund sah sie quer über den Hof hinüber zu Svenja, die wie meistens allein auf dem Hof stand und ihr Pausenbrot aß.

»Seid ihr sicher?«, vergewisserte sie sich noch einmal.

Kio wiederholte, was Ben ihnen gesagt hatte.

»Und außerdem«, ergänzte Herr Dickmann, »wir haben sie doch vor Unterrichtsbeginn die ganze Zeit beobachtet. Sie stand auf dem Schulhof, hantierte aber nicht mit einem Computer.«

»Und im Unterricht war sie nur kurz draußen, um aus dem Schulbüro neue bunte Kreide zu besorgen«, erinnerte sich Minni. »Der Lehrer hatte sie darum gebeten. Sie war keine fünf Minuten fort und brachte tatsächlich bunte Kreide mit. Niemals hätte sie in der Zeit Kios Sporttasche stehlen können!«

»Wir lagen total falsch!«, stellte Kio fest.

»Oje!«, seufzte Minni. Sie schüttelte den Kopf, gab sich einen Ruck und atmete tief durch. »Okay, mir bleibt keine Wahl!«

»Was hast du vor?«, fragte Herr Dickmann.
»Was wohl?«, antwortete Minni. »Mich entschuldigen natürlich!«
Ebenso entschlossen wie am Morgen, als sie von Svenjas Schuld überzeugt gewesen war, ging sie jetzt wieder auf ihre Mitschülerin zu.
Svenja sah Minni skeptisch entgegen. »Was willst du jetzt schon wieder von mir?«, sagte ihr Blick.
Minni streckte ihr die Hand entgegen und entschuldigte sich ausführlich.
Einen Moment lang blickte Svenja Minni stumm an.
Minni rührte sich nicht, blieb stur mit ausgestreckter Hand stehen.
Dann endlich wechselte Svenja ihren finsteren Blick zu einem Lächeln, nahm Minnis Hand und sagte: »Entschuldigung angenommen.«
»Fein!«, freute sich Minni und wollte gerade wieder abdrehen.
»Ach, übrigens!«, fügte Svenja noch an.
»Ja?« Minni blieb stehen.
»Mir ist heute Vormittag eine CD gestohlen worden!«
»Dir?« Minni konnte es nicht glauben.
Svenja nickte. »Ich hatte sie versehentlich in der Jacke gelassen, die im Flur hing. In der Pause war sie fort. Ist echt blöd, weil sie nur ausgeliehen war.«
Minni packte Svenja an der Hand. »Komm mit!«, entschied sie. »Je mehr wir sind, desto eher fassen wir den Dieb!«

Herr Dickmann und Kio trauten ihren Augen nicht, als Minni Hand in Hand mit Svenja zurückkam und ihnen mitteilte: »Svenja macht mit bei der Suche nach dem Dieb!«
»Was wisst ihr bisher?«, wollte Svenja wissen.

Und noch während sich Herr Dickmann weiter über seine Schwester wunderte, fasste Kio das Wesentliche zusammen: »Es wurden ausschließlich Dinge aus Minnis Klasse und den anderen sechsten Klassen gestohlen. Das ließ den Schluss zu, dass der Dieb ebenfalls aus der Jahrgangsstufe kam. Vermutlich aus der Klasse von Minni und Svenja. Der Dieb verkaufte die heiße Ware über eine Internet-Auktion unter dem Decknamen ›Schlange‹. Er akzeptierte nur direkte Abholung und Barzahlung. Sein jüngstes Angebot war heute Morgen geändert worden, vermutlich aus der Schule heraus. Das bedeutete, der Dieb musste an diesem Tag einen Computer bei sich haben. Denn später als zur ersten Stunde konnte er nicht zur Schule gekommen sein, da er die erste Stunde genutzt hatte, um Kios Sporttasche und Svenjas CD zu stehlen. Der Dieb war also in der ersten Stunde zwar im Schulgebäude, aber nicht im Unterricht gewesen. Und: Eine CD lässt sich leicht verstecken, aber eine Sporttasche nicht. Entweder trug der Dieb sie noch bei sich oder er hatte sich in der Schule ein Depot angelegt, wo er seine gestohlenen Dinge zwischenlagerte«.
»Das ist doch schon eine ganze Menge!«, fand Svenja. »Fangen wir doch mal an: Wer hat denn heute bei uns in der ersten Stunde gefehlt?«
»Berni, Max und Karoline«, fiel Minni ein.
»Karoline hat wie immer verschlafen und kam nur zehn Minuten zu spät!«, erläuterte Svenja.
»Max hat Pocken!«, behauptete Minni.

»Pocken?«, schrie Kio auf. »Wer hat denn heutzutage noch Pocken?«
»Hat er aber!«, beharrte Minni.
»Windpocken!«, stellte Svenja richtig.
Kio atmete erleichtert auf. »Ach so!«
»Und Berni?«
»War nicht im Unterricht und steht dort hinten!« Svenja zeigte auf ihn.
»Ihr meint, Berni war es?« Minni konnte es sich nicht vorstellen.
Berni war alles andere als das, was man sich unter einem Dieb vorstellte. Er trug teure Klamotten und eine teure Frisur mit gefärbten Strähnchen. Sein Vater war Rechtsanwalt und seine Mutter Oberstudienrätin. Denen mangelte es gewiss nicht an Geld. Berni war einer der bravsten Jungen der Klasse, hielt den Lehrern die Tür auf, übernahm freiwillig den Tafeldienst und erledigte immer pünktlich alle seine Hausaufgaben. Er ließ sogar, ohne zu murren, andere abschreiben.
»Heute jedenfalls hat er die erste Stunde geschwänzt!«, stellte Svenja fest.
»Und . . .« Kio zeigte mit dem Finger auf ihn. »Seht mal, was er unterm Arm trägt!«
Den anderen verschlug es die Sprache. Unter Bernis Arm klemmte ein schwarzer, flacher Laptop!
»Wow!«, machte Herr Dickmann.
»Den schnappen wir uns!«, erklärte Minni kampfeslustig.

»Wie denn?«, wandte Kio ein. »Wir müssen es ihm beweisen!«
»Sagtet ihr nicht, dass dieser Ben, von dem ihr erzählt habt, einen Laptop dabeihat?«, fragte Svenja.
Kio und Herr Dickmann nickten.
»Dann habe ich eine Idee!«

Finale

Ben grinste Svenja an. »Das könnte klappen!«
Minni vergewisserte sich noch einmal, was Svenja vorhatte. Sie wusste, Auktionen waren auch noch eine Zeit lang nach Abschluss im Internet nachzulesen. Man konnte also schauen, wer einen Artikel versteigert hatte. Ben schaute nun nach, was am Vortage von »Schlange« versteigert worden war. Er stieß auf einen MP3-Player.

»Super!«, freute sich Svenja.
»Für zwanzig Euro. Ganz schön billig!«, fand Herr Dickmann. Aber da der Player ja gestohlen war, waren diese zwanzig Euro reiner Gewinn.
»Wie heißt der Käufer?«, fragte Svenja nach.
Ben las vor: »Duftprimel!«
»Duftprimel?«, schrie Minni. »Was für blöde Namen denken sich die Leute nur aus!«
»Ist ja egal!«, fand Svenja. »Jetzt schaffen

wir uns einen neuen E-Mail-Namen bei einem Gratis-Provider, zum Beispiel: Duftprimel 2.«
Minni kicherte. »So einen blöden Namen habe ich wirklich noch nie gehört!«
»Aber Berni wird darauf hereinfallen. Jede Wette! Der weiß doch nicht, wie viel, und welche E-Mail-Adressen sein Käufer hat, oder merkt nicht mal den Unterschied zwischen Duftprimel und Duftprimel 2«, war Svenja zuversichtlich.
»Wir schreiben Schlange jetzt nämlich, dass sich unser Termin verändert hat und schlagen ihm einen neuen Übergabetermin vor. Einen, wo wir auftauchen und ihn auf frischer Tat ertappen!«
»Wir wissen!«, moserte Minni. »Du musst uns Svenjas Plan nicht noch mal erklären, Dicker! Wir sind ja nicht dämlich!«
»*Wir* nicht!«, grinste Herr Dickmann, mit Betonung auf *wir*.
Minni warf ihm einen warnenden Blick zu.
»Die Sache hat noch einen Haken!«, wandte Ben ein.
»So?« Svenja wusste nicht, welchen. Sie hielt ihren Plan für perfekt.
»Wir können Berni nicht nachweisen, dass der MP3-Player, den er bei sich haben wird zur Übergabe, wirklich gestohlen ist.«
Svenja biss sich auf die Lippen. Daran hatte sie nicht gedacht.
»Verdammt!«, ärgerte sie sich.
Doch da hatte Minni eine Idee.
»Ich will doch sowieso meinen Discman wiederhaben!«, erinnerte sie. »Also fragen wir ihn doch einfach, ob er nicht *zufällig* einen

hat und den gleich mitbringen kann. Da spart man sich die Auktion!«
»Yeah!«, rief Herr Dickmann. »Das ist es. Geniale Idee!«
Ben schrieb es genau so auf und schickte die Mail ab.
»Wann und wo treffen wir uns?«
»Heute Mittag zwölf Uhr am Kiosk gegenüber!«
»Klasse«, freute sich Minni. »Dann schnappen wir ihn!«
»Vielleicht schon früher!«, warf Svenja ein. Denn wenn ihr Trick mit Minnis Discman funktionieren sollte, musste Berni den ja erst einmal holen. Wenn sie ihn also ab dem Empfang der Mail nicht mehr aus den Augen lassen würden, würde er selbst sie direkt zu seinem Lager mit der heißen Ware führen.
»Wow!«, machte Herr Dickmann. »Du bist aber eine echt gute Detektivin. Hast du nicht Lust, in meinem Detektivbüro mitzumachen?«
»Du hast einen Detektivclub?«, fragte Svenja tatsächlich interessiert nach.
»Fast«, räumte Herr Dickmann kleinlaut ein. »Wir müssen ihn nur noch gründen, aber da sehe ich keine Probleme und . . .«
»Genug geschwätzt, Dicker!«, ging Minni dazwischen. »Die E-Mail ist abgeschickt. Jetzt dürfen wir keine Zeit verlieren, sonst geht er uns noch durch die Lappen!«
Wo Minni Recht hatte, hatte sie Recht.
Es ging auf ins Finale!

Geschnappt!

Zum zweiten Mal an diesem Morgen schlugen Kio und Herr Dickmann sich durch ein Gebüsch. Diesmal nicht, um von hinten an Minnis Klassenraum zu kommen, sondern um Berni zu beobachten. Die beiden hatten ihn gut im Visier. Zwar kratzten die dornigen Sträucher unangenehm auf der Haut, aber lange mussten sie es in diesem Busch ja vermutlich auch nicht aushalten. Denn wie sie gehofft hatten, startete Berni tatsächlich gerade seinen Laptop.

Svenja tat das, was sie immer tat. Sie schlenderte allein über den Schulhof. Das war am unauffälligsten, fand sie. Gleichzeitig hatte sie den besten Überblick. Minni betrachtete die Lage von weitem. Schließlich war ihr Discman gestohlen worden. Da war es zu riskant, wenn ausgerechnet sie sich in Bernis Nähe aufhielt.

»Jetzt hat er die Nachricht gelesen!«, war Kio sich sicher.

Herr Dickmann hatte den gleichen Eindruck. Berni schaute auf die Uhr. Ein eindeutiges Zeichen: Er guckte, ob er es noch rechtzeitig zur vorgeschlagenen Verabredung schafft. Er hatte nur noch fünfzehn Minuten.

»Gleich wird er aufspringen und zum Versteck gehen!« Da hatte Herr Dickmann gar keine Zweifel. Sie würden ihm folgen. Ein Pfiff auf den Fingern würde Minni alarmieren, die sofort Ben

und dessen Freunden Bescheid sagen sollte, damit sie alle gemeinsam Berni würden stellen können. So hatten sie es sich ausgedacht.
Doch Berni sprang nicht auf. Er blieb sitzen, klappte seinen Laptop zu, zog ein Handy aus der Tasche und telefonierte.
»Wieso telefoniert der denn jetzt?«, fragte sich Herr Dickmann. »Und mit wem?«
»Mist!«, ärgerte sich Kio. »Ich hätte mein Richtmikrofon mitbringen sollen. Dann hätten wir mithören können.«
Herr Dickmann zog die Augenbrauen hoch. »Du besitzt ein Richtmikro?«
»Na ja.« Kio wiegte den Kopf hin und her. »Meine ehemalige

Nachbarin sammelte Tierstimmen, da hat mein Vater mir mal eines gebaut und ...«

»Tierstimmen?«

Kio nickte. »Sie glaubte, es gäbe eine einheitliche Tiersprache, die alle Tiere verstehen. Sie versuchte sie zu lernen!«

»Klingt verrückt!«, kommentierte Herr Dickmann. Doch im nächsten Moment war seine Aufmerksamkeit wieder auf Berni gerichtet. Denn jemand kam auf Berni zu. Jemand, den Herr Dickmann noch nie gesehen hatte. Kio sowieso nicht, denn er war ja neu an der Schule. Der Fremde war nicht zu erkennen. Er trug ein Baseballcap tief ins Gesicht gezogen, eine Sonnenbrille und hatte den Kragen seiner Jacke weit hochgeschlagen. So auffällig unauffällig gab es keinen Zweifel: Der wollte nicht erkannt werden.

»Der ist auf jeden Fall nicht aus Minnis Jahrgang!« So viel stand für Herrn Dickmann schon mal fest. Der Fremde war eindeutig älter. Er blieb vor Berni stehen, schaute sich nach allen Seiten um und sprach erst danach Berni an.

Berni antwortete, klappte seinen Laptop wieder auf und zeigte dem Fremden etwas.

»Bestimmt die Mail!«, vermutete Kio. »Das ist ein Komplize!«

»Sieht eher aus wie Bernis Chef. Berni scheint nur ein Handlanger zu sein!« So sah es für Herrn Dickmann aus.

Berni und der Fremde nickten sich zu. Berni tippte etwas in seinen Laptop. Der Fremde ging.

»Verflixt, was machen wir nun?«, fragte sich Kio. Weiter Berni beobachten oder dem Fremden folgen?

Herr Dickmann überlegte kurz, dann hatte er sich entschieden: »Wir folgen dem Fremden. Svenja sieht ja, dass wir ihm nachgehen. Sie kann dann Berni im Auge behalten.«

Die beiden kämpften sich aus dem Busch heraus, wobei ihnen die dornigen Äste zweimal schmerzhaft durchs Gesicht fuhren. Doch darauf konnten sie jetzt nicht achten. Sie durften auf keinen Fall den Fremden aus den Augen verlieren.

Doch schon nach wenigen Schritten war Kio überzeugt: »Wir sind auf der falschen Fährte!«

Herr Dickmann wusste, weshalb Kio so skeptisch war. Der Fremde ging schnurstracks aufs Lehrerzimmer zu.

»Das ist doch Irrsinn!«, redete Kio weiter. »Der wird ja die gestohlenen Sachen wohl kaum im Lehrerzimmer verstecken!«

Herr Dickmann nickte. Das konnte er sich auch nicht vorstellen. Aber in dem Gebäude, das der Fremde jetzt betrat, gab es nur das Lehrerzimmer. Und das Büro des Schulleiters noch, nebst dem der Schulsekretärin. Das einer von beiden etwas mit den Diebstählen zu tun hatte, wäre ja wohl noch absurder!

Trotzdem setzte Herr Dickmann nach. Er wollte wissen, was es mit dem Fremden auf sich hatte. Allerdings betrat er nicht das Gebäude, sondern versteckte sich kurz vor der Eingangstür hinter einem Pfeiler und gab Kio ein Zeichen, dies ebenso zu tun.

Vermutlich würde der Fremde gleich wieder herauskommen, denn was sollte er längere Zeit im Lehrerzimmer zu tun haben?

Von hinten kam Minni angerannt.

»Ey, was macht ihr hier? Berni sitzt dort auf der Bank und . . .«

»Pst!«, machte Herr Dickmann und wollte Minni gerade erläutern, weshalb sie hier waren, da kam Mareike aus dem Gebäude. Minni sah sie, winkte und wollte ihr gerade etwas zurufen.
Kio sprang auf sie zu und hielt ihr den Mund zu.
»Kein Wort zu ihr!«, zischte er.
»Mmpff!«, machte Minni und wehrte sich nach Kräften.
»Kein Wort!«, forderte Kio noch einmal eindringlich.
Mareike hatte Minni nicht gesehen und ging schnurstracks ihren Weg. Herr Dickmann stand mit offenem Mund da. Er konnte es nicht glauben. Minnis beste Freundin!
Minni löste sich aus Kios Griff.
»Seid ihr bekloppt?«, keifte sie. »Was soll das?«
Kio erläuterte, was er und Herr Dickmann beobachtet hatten.
»Mareike?«, fragte Minni ungläubig. »Ihr spinnt doch!«
»So?«, hakte Herr Dickmann nach. »Und weshalb läuft sie verkleidet auf Berni zu?«
»Verkleidet?« Minni mochte es noch immer nicht glauben.
»Schau nach!«, forderte Kio sie auf. »Du wirst niemanden mehr vor dem Lehrerzimmer finden. Der Fremde ist hineingegangen. Mareike ist herausgekommen. Das heißt, der Fremde ist Mareike!«
»Wir verlieren sie aus den Augen!«, drängelte Herr Dickmann.
»Unsinn!«, wiegelte Minni ab. »Ich weiß ja, wo sie hingeht!«
»Du weißt es?«
»Ja. Sie wollte den Schlüssel für die Schülerbücherei holen. Sie hat Büchereidienst. Immer in der zweiten großen Pause. Heute ist sie allerdings etwas spät dran!«

»Warum verkleidet sie sich, bevor sie den Schlüssel holt?«, wunderte sich Herr Dickmann.
»Mann!« Kio schlug sich vor die Stirn. »Das ist es! Los, los, folgt ihr. Ich hole Ben und die anderen. Los, beeilt euch!«
Herr Dickmann und Minni sahen sich an, aber dann befolgten sie Kios Rat. Während Kio schon losgerannt war, um Ben und die anderen zu informieren, eilten Minni und Herr Dickmann Mareike hinterher.
Tatsächlich war Mareike in die Schülerbücherei gegangen. Doch als Minni und Herr Dickmann die Bücherei ebenfalls betraten, erlebten sie eine faustdicke Überraschung.
Auf dem Tisch ausgebreitet, fanden sie alles, was in den vergangenen Tagen gestohlen worden war. Mareike war gerade dabei, Minnis Discman einzupacken.

»Du?«, schrie Minni. Ihre Stimme zitterte. Sie hatte das Gefühl, ihr Magen drehte sich um. Wut und Enttäuschung mischten sich zu einem ekligen Gefühl, sodass Minni ihrer Freundin – ihrer ehemaligen Freundin – am liebsten vor die Füße gespuckt hätte.

Mareike schaute Minni entgeistert an.

Mit einem Mal begriff Minni. Die ganzen Sprüche von Mareike über Svenja waren mehr als Lästerei gewesen. Bei Mareike hatten Markenklamotten mittlerweile einen viel größeren Raum eingenommen, als Minni geahnt hatte; einen, der für sie offenbar lebenswichtig geworden war. Minni schämte sich plötzlich für ihre Lästereien über Svenja. Aber bei Mareike war es noch verheerender gewesen. Sie war bereit gewesen ihre Mitschüler zu bestehlen, nur um sich das nötige Geld für immer neuere, immer teurere Klamotten beschaffen zu können.

Leise waren Ben, Miriam, Jennifer und – Svenja hinter Minni aufgetaucht.

Mareike begann zu heulen. »Scheiße, ey!«, jammerte sie. »Was kann denn ich dafür, dass die Klamotten so teuer sind? Woher soll ich denn die ganze Kohle nehmen?«

Svenja ging langsam und ruhig auf Mareike zu. »Du kannst nichts dafür, dass alles so teuer ist«, tröstete sie.

Minni dachte, sie hörte nicht richtig. Svenja nahm Mareike in Schutz. Ausgerechnet Svenja?

Doch Svenja war noch nicht fertig.

»Du kannst nur was dafür, dass du so bekloppt bist und all die teuren Dinge unbedingt haben willst!« Mit diesen Worten drehte sich Svenja um und verließ den Raum.

Als sie auf der Türschwelle stand, rief Mareike ihr hinterher. »Was wollt ihr denn jetzt machen? Geht ihr zur Polizei? Sagt ihr es meinen Eltern? Oh Scheiße! Bitte nicht!«

»Natürlich tun wir das!«, wollte Minni gerade rufen. »Was denn sonst!«

Doch Svenja schüttelte den Kopf. »Nein«, sagte sie. »Wir sagen nur den anderen Schülern Bescheid, wo und bei wem sie sich ihre Sachen wiederholen können. Erklären musst du denen das!«

Minni verstummte. Sie wusste, das war die schlimmste Strafe, die man Mareike antun konnte.

Level 4 – next generation

Andreas Schlüter

Level 4 Kids 2

Apollo 11 im Kickerfieber

Herr Dickmann kann es einfach nicht fassen: Gerade will er sich mit seinen Freunden zur offiziellen Gründung des Computerclubs „Level 4 – Kids" treffen – da wird er von seinen Klassenkameraden auf den Fußballplatz entführt! Denn die Jungs der Mannschaft „Apollo 11" haben plötzlich keinen Torwart mehr. Und es gibt nur noch einen, der für diesen Job in Frage kommt: ausgerechnet der mehr als unsportliche Herr Dickmann. Aber die Stadt-Meisterschaft steht bevor – da muss selbst Herr Dickmann über seinen vollschlanken Schatten springen ... Doch dann kommen Herr Dickmann und seine Freunde einer gemeinen Schiebung auf die Spur: Einer der Schiedsrichter scheint die Spiele zu manipulieren. Glücklicherweise hat Ben die zündende Idee, wie die „Kids" den Schiebern das Handwerk legen können ...

104 Seiten. Gebunden. Ab 8.

EDITION BÜCHERBÄR

ISBN 3-401-08987-0
Ab 1.1.2007: ISBN 978-3-401-08987-4

www.arena-verlag.de

Andreas Schlüter

Level 4 – Stadt der Kinder
ISBN 3-401-05684-0

Ufo der geheimen Welt
ISBN 3-401-05686-7

Achtung: Zeitfalle!
ISBN 3-401-05688-3

Jagd im Internet
ISBN 3-401-05736-7

Der Ring der Gedanken
ISBN 3-401-05685-9

Flucht vom Mond
ISBN 3-401-05737-5

Die Spur des Hackers
ISBN 3-401-05739-1

Chaos im Netzwerk-Clan
ISBN 3-401-05687-5

2049
ISBN 3-401-05738-3

Der Sunshine Chip
ISBN 3-401-05882-7

Reality Game
ISBN 3-401-05740-5

Level 4.2 – Zurück in der Stadt der Kinder
ISBN 3-401-05714-6

Arena

Jeder Band:
Ab 10 Jahren. Gebunden.

www.arena-verlag.de